D1694344

weissbooks.w

»Es gibt keinen schrecklicheren Unterschied als den zwischen einem Kranken und einem Gesunden.«

Martin Walser

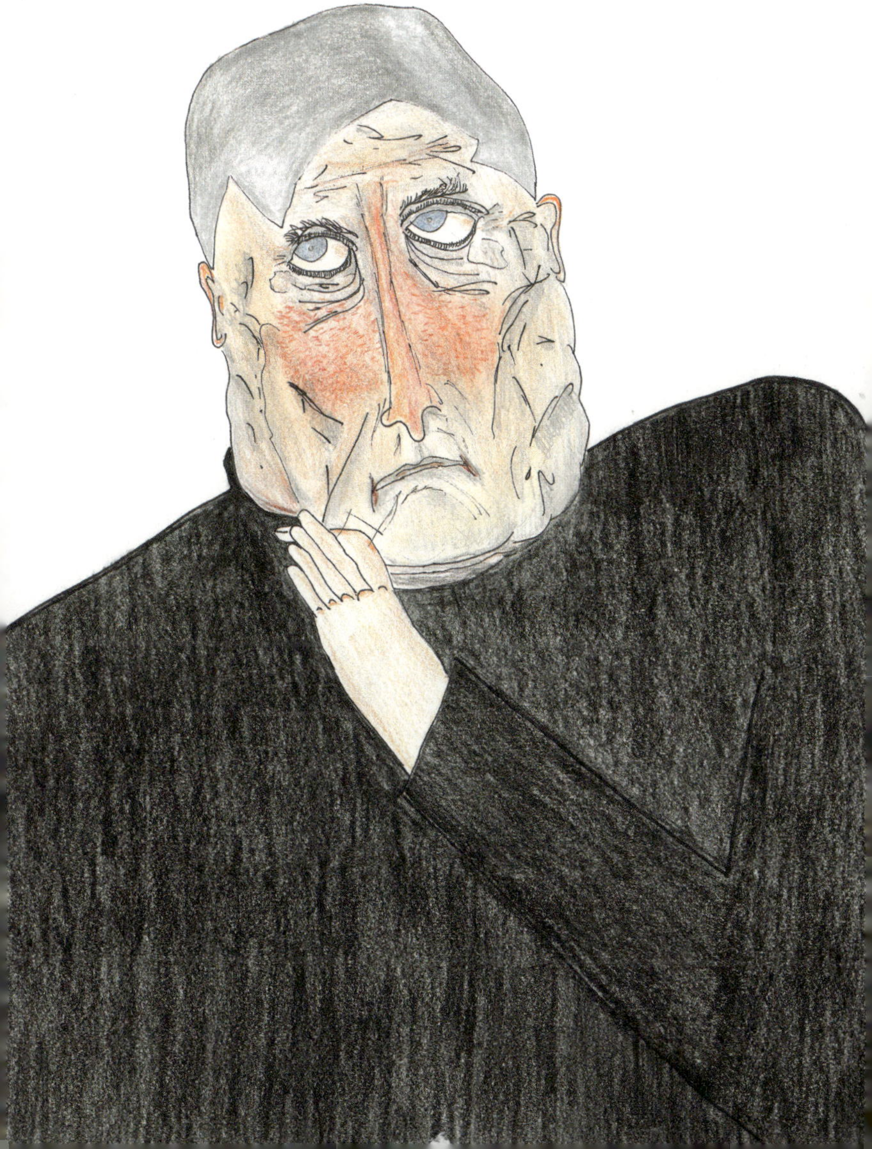

Hermann Kinder

Der Weg allen Fleisches

Erzählung

weissbooks.w

Mit Unterstützung der Literaturstiftung Oberschwaben,
des Zweckverbands Oberschwäbische Elektrizitätswerke
und der Stadt Konstanz

Der Weg allen Fleisches

I Du stirbst in Stücken

Er erwachte vom Kampf der Krähen und Elstern um den obersten Nestsitz in den sich im Wind wiegenden alten Kastanien. Licht fächerte durch die Fugen des Fensterladens und seefrische Luft. Gewaschen und duftend zog er die elastische schwarze Hose an und ruckte die Ledereinlage zurecht. Das Gemächt eingekugelt. In die gepolsterten Handschuhhände geklatscht. Den treuen abgewetzten Geierschnabel gestreichelt. Lauernd hinter der Sonnenbrille durch die Stadt mit gemäßigter Kraft. Aber dann los über die bekannten Hügel, hinab in die Täler und hinauf in die Berge, stehend im Hüftschwung, um das Tempo zu halten, an den Schienbeinen traten die Radfahrermuskeln heraus. Er war ins Toggenburg gekommen und trank am Bahnhofskiosk Büchsenwasser.

Ein altes Paar kam hinzu. Er hatte sich bei ihr eingehängt und zog sie krumm hinab. Wie übergelaufen wellte der fette alte Mann über die Bank und fragte nach seiner Velostrecke. Man kam von Ritzeln auf Lenker- und Pedalabbrüche. Der alte dicke Mann – vielleicht achtzig, dachte er, vielleicht aber auch neunzig oder fünfundsiebzig, mit einem kahlen, braun gefleckten Schädel, an dem noch etwas Flaum klebte – erzählte, dass er früher mehrfach an der Nordwestschweizer Rundfahrt teilgenommen habe, die nun Berner Rundfahrt heiße, die Räder hätten noch Holzfelgen gehabt, keine Schaltung und Vollgummireifen; er habe auch ein wenig gewonnen. Er hatte Mitleid mit der Erinnerungsmumie. Das passiert mir nicht, sagte er sich, dankte, grüßte und stampfte in den Anstieg nach Wildhaus hinauf. In einer steilen Kehre, kurz vor Wildhaus, verließ ihn die Kraft. Er wollte weiter, aber es ging nicht. Er hechelte heiß. Es gelang ihm nicht mehr, die Pedale nach unten zu drücken. Er rettete sich in eine Straßenbucht und kippte samt Renner um. Eine Horde schnurstrackser Büffel zog an ihm vorbei und rief ihm Hoi und Hepp und Allez zu. Manche waren deutlich älter als er und hatten schwere Trikotranzen, die, sehr konvex, fast bis zum Rahmenrohr hinunter hingen. Schon waren sie hinter der Biegung verschwunden; er hörte noch das feine Sirren der gut geölten Ketten. Er musste bergauf schieben, hängte die Kette vom

Kranz und tat so, als habe er einen technischen Defekt. Doch dann hinab nach Altstätten, ins Rheintal. So wehend, dass ihn in den Serpentinen kein Auto überholen konnte. Sie versuchten es, mussten aber vor den Kurven abbremsen, durch die er in Ideallinie flog und wieder voraus war. Sein Tacho flirrte zwischen 55 und 80 km. Er trug keinen Helm. Der perlende Schweiß trocknete im Fahrtwind zum Salzgeröll, das er schmeckte, wenn er sich die Lippen leckte. Abfahrend ließ er die kleinen Krämpfe aus den neben den Pedalen herabhängenden Beinen schwingen. Und dann war er nur noch Rennmaschine und pedalte Ortsschild für Ortsschild hinter sich, über den Lenker, den er am unteren Horn gefasst hatte, gekrümmt, erhöhte auf den Ebenen heimwärts den Stundenschnitt und hielt endlich den Kopf unter das schwarze Rohr des letzten Dorfbrunnens, kalt übers Genick, über Puls und Arme – und dann stolz zum Biergarten getändelt.

Mit 50 ein Säntis-, ein Schwägalp-Fahrer zu sein, 1000 reine Höhenmeter, hatte er sich versprochen. Nun gab er es auf. Einmal noch schaffte er es auf den Hörnlipass, 550 reine Höhenmeter, und fegte in einem Schwung hinunter ins Thurtal und den Klacks von Seerücken hinauf und hinunter nach Konstanz. Keine Krämpfe. Den nächsten Angriff zum Hulftegg-Pass unter dem Hörnli verlor er. Der Rückweg von den Höhen hinunter war eine Erlösung. Er würde nie ein Schwägalp-Fahrer sein. Die Touren wurden kürzer. Er suchte die flachen Wege, nahe dem See. Um den Obersee, immerhin an einem Tag, während andere dafür drei Tage brauchten. Und er gewann neues Vergnügen. Hatte er zuvor allein auf die anstrengende Leistung gezielt, möglichst ohne einmal anzuhalten, so saß er nun gern ab; in Rorschach schon, am Bahnhof Rheineck, am Rohrspitz, in Bregenz, Lindau, Wasserburg, wo er das erste Weizenbier trank. Er schaute sich um, hatte drei Länder gesehen, drei Sprachen gehört, und beim zweiten Weizenbier in Immenstaad rötete sich die Sonne und sank flimmernd hinter den Abenddunst über dem Bodanrück. Der See dunkelte ein. Der Himmel wurde strahlend abendblau, durch den die noch immer von der untergegangenen Sonne beleuchteten Flugzeuge ihre rot verfliegenden Schweife zogen nach Zürich oder Rom, nach Frankfurt oder Moskau. Und dann blinkte der Polarstern. Und dann stieg der volle weiße Mond auf und schüttete sein Silber auf die Wellen des Sees. Die Fülle des Daseins. Zuvor war er nur gekeucht und gerast, nur Körperkraft gewesen. Nun auf ebenen Wegen nach Singen und zurück. Durch die Heimlichkeiten von Hemmishofen, Bibermühle, am belassenen Feldblumenfeld vorbei, unter den Apfelbäumen saß er zwischen Mohn, Kornblumen. Er sammelte Bärlauch, später Pilze. Dann nach Singen und doch, er war zu erschöpft, besser mit dem Zug zurück. Die einst kleinen Buckelchen bei Eschenz, an der Bibermühle, an denen er nie aus dem Sattel gemusst hatte, um das Tempo zu halten, waren zu plagenden Steigungen geworden. Und wenn er nicht auf dem Renner über alle Berge gefahren war, war er um den Mindelsee gerannt, allerdings nur anfangs ganz.

Man diagnostizierte ein Lungenemphysem. Die kleinen Lungenbläschen verklumpen sich zu großen, der Gasumtausch nimmt ab, die aufgeblähte Lunge drückt aufs Herz, Sauerstoffmangel. Machen Sie Atemübungen, riet der Arzt, gewöhnen Sie sich die Stoppatmung an. Als er auf einer Bank der Badi von Tägerwilen saß, sah er, wie ein Junge ihm den Radcomputer vom Rennradlenker stahl. Er ließ es geschehen. Er tauschte die Rennmaschine gegen einen behäbigen Haflinger, ein Tourenrad, und war befreit vom Stieren auf den Tacho, dem unaufhaltsam absinkenden Kilometerschnitt. Keine Radhandschuhe mehr, keine schnittigen Hosen und schweißabsorbierenden Hemden. Er fuhr im Alltagszeug. Er gewöhnte sich ab, als erstes nach den Marken-Schriftzügen auf den Edelrahmen zu schauen. Er war nicht einmal mehr für die rüstigen Rudelsenioren auf dem Bodenseeradrundweg ein Konkurrent. Bevor das Keuchen begann, lag er schon an einem Wiesenrand zwischen Löwenzahn, sammelte Sauerampfer und schaute den

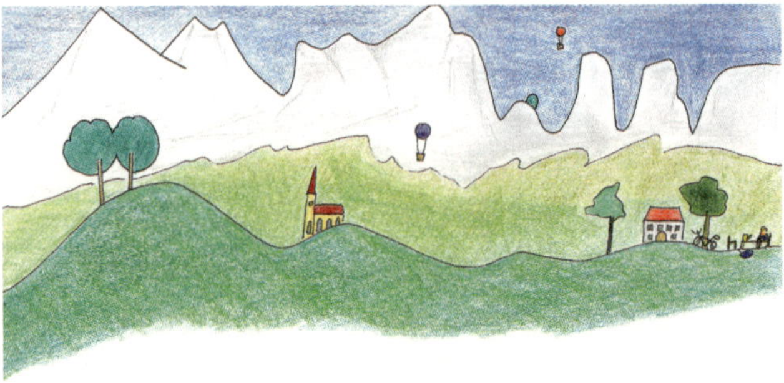

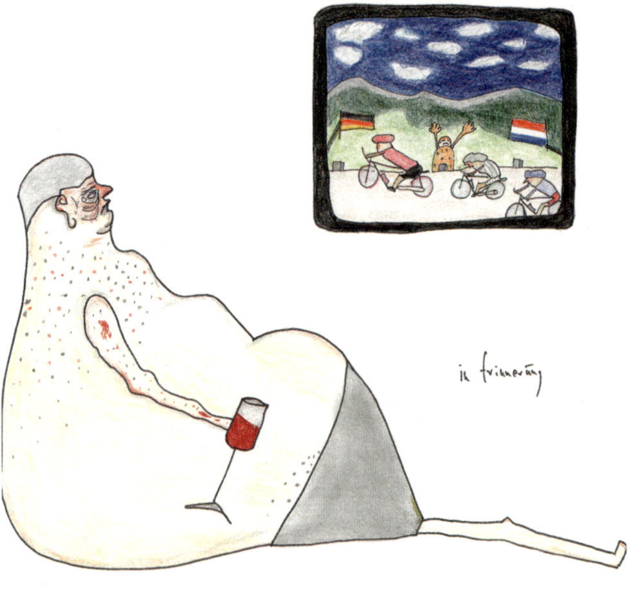
in Erinnerung

Wolkenzügen nach, beobachtete das Aufballen der Wolken im Westen, das Giftig-, dann Schwarzwerden der Wolkenvulkane, sah über das Wasser, das sich im nahenden Sturm riffelte, schließlich aufrauschte. Als erster der vielen folgenden Ärzte hatte der Lungenarzt ihn ermuntert, sich seines Lebens zu erfreuen. Und jedes Mal, dachte er hinzu, und jedes Mal banger: Solange es noch dauert. Er fuhr gern zu heimlichen, schief gezimmerten Bänken ins kohlig riechende Tägermoos, las etwas oder auch nicht, beobachtete die Krähen in den Nussbäumen, an die ein Schild genagelt war: Jeder dritte Nussdieb wird erschossen, zwei waren heute schon da. Die Krähen kümmerten sich nicht drum. Sein Leben war ruhig und genau geworden. Statt Speichen und Felgen zu polieren, beglich er Arztrechnungen und reichte sie bei der Krankenkasse ein. Früher hatte er Beitragsrückerstattungen bekommen wegen Nicht-Inanspruchnahme der Krankenkasse. Nun schämte er sich.

Im Amt sprang er, was er, wenn er unbeobachtet war, zwanzig Jahre lang getan hatte, nicht mehr über den breiten Fußabstreifer hinter der Eingangstür; nahm nie mehr zwei Stufen auf einmal. Es kam schlimmer: Als der Aufzug im Amt defekt war, schlief er in seinem Dienstzimmer und hoffte, anderntags werde der Aufzug ihn wieder vor den Treppen retten. Die Todesvarianten beim Lungenemphysem sind, las er im Netz, Herzinfarkt oder

Ersticken. Der einzige Kollege, dem er davon erzählte, antwortete: Ich habe einen Nachbar, der steht immer am Fenster und sagt: Ich habe ein Lungenemphysem und warte auf das Ende. Ging er mit anderen die Amtstreppen hinauf, ließ er sich, damit es nicht so auffiel, dass er beim Gehen, erst recht atemlosen Steigen nicht mehr reden konnte, eine Frage einfallen, die die Kollegen über die Stockwerke hin in einen Monolog riss. Auf den Treppenkehren legte er den Kollegen die Hand auf den Arm und fragte so intensiv, dass sie stehen blieben und er wieder zu Luft kam. Sein Atemluftstoßmessgerät stagnierte bei der Lungenleistung eines 83-Jährigen.

Langsam war er geworden. Das hatte Vorteile. Er brauchte nicht mehr zu hetzen. Schlief länger. Er saß nun am liebsten auf Bänken, die mit Bus und Bahn zu erreichen waren, und beobachtete die eiligen Menschen an Bahnhöfen und Haltestellen. Er war's zufrieden. Aber dann begannen die Beine, die Gelenke an Händen und Armen zu schmerzen, als hätte er Rheuma oder einen gehörigen Muskelkater. Wovon jedoch Muskelkater? Die Rheumadiagnose war negativ. Immer ein kleines Fieber. Statt mit dem Rad auf Schleichwegen, die nur ältere Kollegen benutzten, fuhr er nun mit dem Bus ins Amt und lernte Kollegen kennen, die einen Herzinfarkt erlitten, eine Chemotherapie überstanden hatten oder die von einer unbegreiflichen Autoimmunerkrankung geplagt wurden. Seine Ärzte konnten sich seine Schmerzen nicht erklären.

Als er, um die Vorbereitungen zur Feier seines 60. Geburtstages zu besprechen, zu einer noch heimlichen Besenwirtschaft, zu der er oft gewandert war, von Berlingen hinauf, über den Weißen Sandsteinfelsen, an dem verschliffene Namenskritzeleien zu sehen waren, von dem er hinab geschaut hatte über den von blauen Vogelschutznetzen verfärbten Weinberg, hinübergeschaut hatte zum See, zur Höri, zum Schienerberg, bevor er hinab gesprungen war, den Wiesenpfad neben dem Weinberg, in dem Karbidbölller krachten und Raubvögel aus den Lautsprechern schrien, um dann, nach einigem Most, zwischen Schafen und Apfelbäumen hinab nach Steckborn zu wandern, mit leichten Füßen zum sich nähernden See – als er nun zum Jochental hinauf wollte, wurde ihm fieberheiß, ihn schwindelte, die Füße ließen sich nicht heben und stolperten über einen Kiesel. Nach 30 Metern verließen ihn Atem und Kraft. Er rutschte an einem Apfelbaumstamm, an dem er sich hatte erholen wollen, ab und kam nicht mehr aus der Hocke. Er gab auf. Sie fuhr ihn andertags zur Wirtschaft hinauf. Der Arzt war ratlos. Eine Bekannte erinnerten seine Symptome an die Symptome, die eine Bekannte von ihr gehabt hatte, die an einem Morbus litt. Der Arzt schickte ihn zum Radiologen, der keinen Hinweis auf irgendeinen Morbus fand.

Am Tag vor seinem 60. Geburtstag zerrten, drückten Schmerzen so seine Brust, dass er nicht mehr hoffen konnte, es auszuhalten bis zum ausgemachten Nachmittagstermin bei seinem ratlosen Arzt, dass er sich von einem Taxi, sich krümmend auf dem Sitz, zur Notaufnahme des Klinikums fahren ließ. Er schrie, ganz wider Willen, und kam sofort auf den Schragen und an Schläuche. Als er aufwachte, lag er in einem abgedunkelten Saal mit frischen Bypass-Patienten, denen die Brust aufgesägt und auseinander geklemmt worden war. Sie war die Nacht über her gereist, war vor Schrecken bleich. Ihm war nur ein Stent gelegt worden. Zum ersten Mal musste er eine an seinem Bett hängende Urinflasche benutzen. Am Zustand der Urinflaschen, an ihren rostenden Halterungen, an billigeren und platzenden Urinbeuteln lernte er später Kliniken zu unterscheiden. Die Ärzte gratulierten ihm zu seinem 2. Geburtstag, der zufällig auch sein 60. war: Glück gehabt. Er lebe noch. Als er ein Jahr später auf einer österreichischen Autobahn fast tödlich verunglückt wäre, hätte er seinen dritten Geburtstag feiern können. Der Stent war ihm gelegt worden im Herzzentrum, das in Schweizer Hand war; zwei Tage danach wurde er, auf seinem Schoß eine von seinen Kleidern breite Plastiktüte mit der Aufschrift »Eigentum des Patienten«, im Rollstuhl unterirdisch 100 Meter weiter ins Klinikum überführt. Sie sagten: »nach

Konstanz«. Im Kellertunnel standen Geschirrcontainer. Und hier, vermutete er, würden auch die Toten, die so tun, als seien sie nur Scheintote, und scheinbar furzen und stöhnen, wenn ihr Leichengas austritt, auf Bahren entlang gerappelt und in die Bestattungswagen entsorgt. Seinen Herzinfarkt fand er glimpflich und überwindbar. In der dritten Nacht nach der Operation zog er die Schläuche ab und ging aufs Zimmerklo. Schriller Alarm. Die Nachtschwester riss die Türe auf und schrie. Eigentlich hätte er, meinte er, sofort wieder nach Hause können. Es wurden aber sechs Klinikwochen. Seine Zimmerkameraden wechselten. Er blieb und lernte, dass es im Krankenzimmer das Wichtigste war, wer die Hoheit über das Fenster, die Tür, das Bad und das Schnarchen gewann und behielt. Es war seine Art, den Kampf nicht anzutreten.

Der Herzinfarkt erklärte nicht die durch seinen Körper vagabundierenden Schmerzen. Richtig krank fühlte er sich nicht; war er aber doch wohl. Medikamente und Infusionen hatten die Schmerzen gedämpft. Ein gefährlich unklares Blutbild. Er brachte wieder den Morbus, von dem ihm die Bekannte erzählt hatte, ins Spiel. Die Ärzte notierten sich das und schickten sein Blut nach Nord und Süd, bis eindeutig war: Er litt am Morbus Wegener, einer Autoimmunkrankheit, die zuerst die kleinen Blutgefäße zerstört und dann vielleicht, Organ nach Organ, den ganzen Menschen. Vielleicht waren seine sich rapide beschleunigenden Krankheiten, auch die, die er jetzt aber noch nicht alle ahnte, eine Folge des Morbus. Aber sicher war das nicht. Medizinische Diagnosen waren keine richtigen oder falschen Rechnungen. Cortison in hohen Dosen, dazu in der Krebstherapie und bei Organtransplantationen bewährte Chemopillen, Immunsupressiva gegen den Morbus bekam er und würde er bis zum nicht mehr ganz unabsehbaren Ende seiner Tage einnehmen müssen. Na denn, sagte er sich. Sie sprach, so oft sie kam, mit den Ärzten und war viel besorgter als er.

Es war ein ziemlich angenehmer Klinikaufenthalt. Nur das Schnarchen machte Unmut. In den ersten Nächten hatte er die Nachtschwester um ein anderes Zimmer gebeten, wenigstens um ein wirksames Schlafmittel, weil das mal kontinuierliche, mal aufbrüllende, mal absinkende Schnarchen des Mitkranken ihn keinen Schlaf finden ließ. Es war dann der Mitkranke, der sich beschwerte, dass er in dieser Nacht schon wieder den Mainauwald abgesägt habe. In den folgenden Jahren zahlte er, wenn es möglich war, ein Einzelzimmer, um dem Schnarchkrieg zu entgehen, obwohl er begierig war auf die Geschichten, die er von den Zimmergenossen erfragte. Ansonsten lag er behütet im Krankenhaus, betreut, versorgt. Nur das Abendbrot mit 1 Wurst und

1 Käse langweilte ihn. Pfefferminztee, der sie schüttelte, mochte er. Er wurde nicht entlassen. Den Herzinfarkt ignorierend, überschritt er die Bannmeile des Spitals, zog sich zivil an und probte seine verbliebene Kraft auf dem Weg zum Bismarckturm hinauf, langsam und immer wieder verschnaufend. Aber er kam hinauf. Sie hatte ihm ein Handy geschenkt und den Notdienst des Klinikums eingestellt für den Fall, dass er merke, dass er umzufallen drohe oder die Brustzerquetschung wieder einsetze. Er musste es nicht nutzen. Er schaute über die verwachsenen Städte Konstanz und Kreuzlingen hinauf zu den Schweizer Hügeln und hörte aus den Tiefen der Stadt das Malmen des Interregios, das sich langsam in Richtung Allensbach verlor. Den hatte er genommen, um im und über den Schwarzwald zu wandern, am liebsten, wenn der Nebel den See verschwinden ließ, in die Sonne von Villingen, hinauf und hinauf im tiefen Schnee nach Vöhrenbach durch einen fast unwegbaren Winterwald. Jetzt dachte er an sie, wenn er den Interregio hörte, den kommenden und gehenden, in dem sie sitzen könnte, um ihm frische Wäsche zu bringen oder um zu ihrer Arbeit zurück zu kehren.

Von der Chemotherapie gingen ihm höchstens drei Haare täglich aus. Siehst du, sagte sie, es tut sich immer wieder ein Türlein auf. Er hatte nicht geglaubt, dass das Cortison ihn fett machen, seine Muskeln in Fett umwandeln würde, zwei Wochen lang sah er unverändert aus. Ab der dritten quoll er im Spiegel auf zu einem Mond- oder Pompidou-Gesicht. Seine Kraft nahm ab. Er wurde immer fetter. Er akzeptierte nun die Bannmeile des Klinikums und trug das Handy immer bei sich. Er beschränkte sich, im Bademantel, als erkennbarer Kranker, durch den Krankenhauspark zu gehen, wozu er sich antreiben musste, und geriet in ein seltsam stilles Haus durch die elektronisch gesteuerte Tür hinein, aber nicht wieder heraus, weil die Tür von innen mit einer Sperre gesichert war, damit die Dementen sich nicht im Freien verirrten. Im Eingangsbereich des Klinikums beobachtete er die unsicheren Besucher, die nur daran dachten, wie sie hier wieder heraus und ins Leben zurück kämen, und ihre Besuchspflicht sichtbar ungern erfüllten, und die, die nur einen Strauß und einen von vielen unterschriebenen Schmuckbrief an der Pforte abgaben, um sofort zu fliehen und sich das Siechtum aus den Jacken zu schütteln. Die Krankenschwestern, mit denen er noch eben über ihre Heimatorte geplaudert hatte, grüßten nicht, wenn sie in Zivil aus dem Dienst eilten. Alte Frauen klagten, dass ihre Kinder sie nie besuchten, Kinder könne man vergessen, besser wäre es gewesen, nie eine Familie gehabt zu haben, denn wenn jemand zu Besuch komme, dann sei es eine aus der Pfarrgemeinde oder eine, die selbst mit dem Krebs kämpfe. Ein Gezeichneter aß in der Cafeteria des Eingangsbereichs täglich um 14 Uhr eine Schwarzwälder Kirschtorte, die ihm an den Tisch gebracht werden musste wie der Kaffee, wie ein Dutzend Kaffeesahnedöschen. Die Kaffeesahne verschüttete er über den Tisch, man wischte ab, räumte auf, nachdem er mit sich überkreuzenden Füßen aus der Cafeteria gewankt war; nie fiel ein böses Wort, weder vor noch hinter ihm, er war zu sehr gezeichnet, und dann sah er ihn nicht mehr. Hatte die Abendkontrolle aus ihrer rollenden Bar die Medikamente verteilt, Blutdruck und Blutzucker gemessen, eine Heparinspritze in den letzten weißen Flecken seiner braunrot verfärbten, aufgeblähten Bauchlandschaft gestoßen, waren die Wasserflaschen ausgetauscht worden, verließ er das Zimmer, in dem der jeweils andere Kranke bettlägerig war, und setzte sich wieder in den Eingangsbereich des Spitals, den Zwischenraum zwischen drinnen und draußen, beobachtete sich und beobachtete die Männer, die an Tropfständern und Urinbeuteln hingen, die im Rollstuhl saßen, sich vor die Schwingtür rollten, wo sie rauchten. Sie waren angewiesen, nur in der Rauchbox zu rauchen, die Pavillon hieß. Sie hielten sich nicht daran. Rauch und Männergedröhn, sehr lang an warmen Abenden. Immer eine oder zwei Rollstuhlfrauen unter ihnen. Andere Frauen rauchten und gingen dabei auf und ab, telefonierten. Oder sie standen in Heckennischen und rauchten. Schwestern mit eiligen Zügen. Manche waren schwarz. Manche trugen Kopftuch. Eine einen Sarong. Vor der Rauchbox fragte ein Rollstuhlfahrer eine Rollstuhlfahrerin, was Kannibalen sagten, wenn ein Rollstuhlfahrer käme: Essen auf Rädern. Herzhaft gelacht.

Kam die Nacht, leerte sich der Eingangsbereich, tauchte der dicke Junge auf, der schon an seinem schweren Tritt zu hören war, wenn er den langen Quietschflur von der Kinderstation zur Pforte herüber stampfte. Der Kopf des dicken Jungen war eingepackt in Mull. Laut erzählte er Märchen vor sich hin, meist *Hänsel und Gretel*. Und jedes Mal, wenn er am Pförtner vorüber stampfte, bekam er ein Bonbon. Dann sah er ihn nicht mehr und hoffte, der dicke Junge sei nur entlassen worden. Er zwang sich jetzt, nicht den Fahrstuhl zu nehmen, sondern über die Treppe in den sechsten Stock zu steigen, wobei er es nach und nach ohne Zwischenpause schaffte. Oben allerdings brauchte er Minuten, um wieder zu leichterer Luft zu kommen. Es war gut, dass er nicht wusste, dass es später ganz anders kommen würde.

Eines Tages wurde er tatsächlich aus dem Krankenhaus in die Reha entlassen. Sie holte ihn ab und fuhr ihn zu einem seiner Lieblingssitze, wo er Wein trank und durch die Stämme der hohen schrägen Eschen zum Seerhein schaute. Das letzte Linienschiff war hinter den Büschen nur halb zu sehen, der Lichterkranz leuchtete schon über den dunklen Köpfen der Fahrgäste, und darüber packte die rote Sonne sich langsam in die Dunstdecke. Ein Schwarm Krähen flog aus den Amazonasbäumen des Rieds auf, es wurden immer mehr, sie schrien und flatterten in die Wipfel der linksrheinischen Bäume, wo sie still wurden, nachdem nur noch ihr erregtes Flügelschlagen, wenn sie sich drängten auf den Ästen, zu hören gewesen war.

Die Reha gefiel ihm. Sie fand, wenn sie sonntags kam, das Essen eine Zumutung, setzte sich dennoch dazu, weil sie die Tischgenossen, von denen er Geschichten erzählt hatte, Herzinfarkte, Aneurysmen und Schlaganfälle, kennen lernen wollte. Er wanderte, so viel es nur ging, zum hohen Dorf hinauf, hinab ins Waldtal, in dem eine verlassene Mühle nicht mehr rauschte, über die zäh ansteigenden Höhen einen Römerweg entlang. Er konnte sich nicht verirren. Die Klinik war ein immer wieder auftauchender, vielstöckiger Wolkenturm. Auf dem Ergorad steigerte er sich und durfte mit den 70-Watt-Patienten einen Ausflug machen, tüchtig auf und ab. Auf dem letzten Stück brach er zusammen. Die Wattleistung auf dem Rad sank auf 50. Die Medikation hatte zugeschlagen. Er war enttäuscht, hoffte aber unbeirrbar.

Im Amt reichte man ihm ein ungesalzenes Gnadenbrot. Er war nun ein Schwerbehinderter und verbesserte die Schwerbehindertenquote des Amtes. Er kam in Teilzeit. Als er sein Büro ausräumte, streikten wiedermal die Aufzüge des Amtes, und er stand mit seinem Ziehkoffer voller Habseligkeiten ausweglos vor der verschlossenen Tür des Aufzugs, bis ihm ein Kollege, den er nur flüchtig kannte, seinen Koffer die Treppen hinauf trug. Selbst ohne Gepäck kam er dem Kollegen kaum hinterher. Wie viel Kraft und Luft ein Mensch doch haben konnte, der nicht einmal jünger war als er. Alter war kein Maßstab, daran musste er sich gewöhnen. Der Atem fehlte, um noch am See entlang zu radeln, zu wandern. Im Sommer saß er zwischen Touristen auf einer Bank am Hafen. Stellten die Schiffe den Saisonverkehr ein, saß er im Nebel, schaute immer noch zum See. Ruhig.

Und beruhigt. Er ahnte seine Zukunft nicht. Er wusste noch nicht, dass er die Ziffern des Codes für die Safes in den Kleiderschränken in den verschiedenen Kliniken beibehalten wird. Sie werden, um Gewohnheiten in den verwirrenden, wechselnden Klinikaufenthalten zu sichern, den Ziffern des Codes des Handys entsprechen, das sie ihm geschenkt hatte. Sein Handy wird, sofern es in den Krankenhäusern erlaubt sein wird, die Verbindung zu ihr sein, zur Welt der Verlässlichkeit, des gewohnten Alltags, fürs Rauskommen, Zurückkehren, dazu, dass alles wieder normal und wie zuvor sein würde.

Zu einer Operation wird die nächste kommen. Es werden ein Dutzend werden. Manchmal wird er aber auch nur ein Lungen- und Bronchialnotfall sein und eine Woche an der Antibiotika-Infusion hängen ohne Operation. Er wird sich, um Übersicht zu haben, seine Operationen, die Wochen, Monate seiner Krankenhausaufenthalte in ein Oktavheft eintragen, zumal er bei jeder neuen Anamnese seine Krankengeschichte nur vage in Erinnerung haben wird, weshalb sie ihm wird auf die Sprünge – was, was er noch nicht weiß, ein bedenkliches Wort werden wird – helfen müssen. Er wird hunderte Male hören: Nun wird es etwas kühl auf der Haut; nun piekst es etwas, das kann ich Ihnen nicht ersparen; Ihre Venen sind ja eine Katastrophe. Arme und Hände werden Schlachtfelder von Blutabnahmeversuchen sein. Er wird ab dem dritten Mal, nachdem er die Thrombosenstrümpfe und Wegwerfschamhöschen angezogen haben wird, den Ring, dessen Zwilling sie trägt, abgelegt haben wird, wenn er, leicht betäubt, im Krankenbett zur OP geschoben werden wird, die Lampen an den Flurdecken über sich ziehen sehen wird wie vorbei flackernde Fahrbahnmarkierungen, wenn er durch die schweren Aufzugstüren, die schweren OP-Türen geschoben werden wird, wenn er auf die kalten schmalen OP-Schragen hinüber gehievt werden wird, wenn er versichert haben wird, alles sitze noch fest im Mund – er wird ab dem dritten Mal keine Todesangst mehr haben. Er wird nicht mehr befürchten, ob er aufwachen werde oder nicht.

Er wird nur an sie denken. Er wird die Kindergartengeschichten und Witze der Anästhesisten hören. Dann werden die Stimmen sich verlieren. Er wird aufwachen und das Aufwachen überstehen, zwischen den vermummten Grünen, während allmählich die Geräte um ihn lauter und erkennbar werden und ahnbar wird, dass neue Schmerzen auf ihn warten.

Nach der dritten Vollnarkose wird ihm nicht mehr einfallen, wer den *Messias* geschrieben oder komponiert hat. Er wird nicht mehr wissen, ob das begehrte, umkämpfte kleine Zusatzkopfkissen Fritzle oder Frichtle heißt, und nicht, wenn die russische Schwester es neu bezieht, wie das Innenzeug im Frichtle oder Fritzle heißt und wohinein sie es stopft. In einen Umschlag, wird er denken, aber das wird ihm nicht ganz richtig vorkommen.

Er wird mit zwei künstlichen Hüften in einem Zimmer liegen, mit Prostata- und Darmkrebs, mit kleineren und größeren Amputationen, kleineren und größeren Aneurysmen, Halsschlagaderstents. Bei denen, die in der Chirurgie liegen werden, wird es Hoffnung geben. Weniger bei denen auf der Inneren. Er wird lange und oft in der Inneren liegen, wo fast nur alte Männer liegen, denen es an den Kragen geht. Er wird mit Sterbenden in einem Zimmer liegen, Bewusstlosen, deren Röcheln, deren Beatmungspumpen ihn nicht werden schlafen lassen. Kein zwischen die Betten geschobener Paravent wird das Stöhnen, das Schleimköcheln, die Vulkane der Kehle der Sterbenden mildern. Keine Ohrstopfen werden helfen; sie werden stets aus seinen für Ohrstopfen ungeeigneten Ohren fallen. Er wird sich sagen: Wie geht es mir doch vergleichsweise gut, bestens. Sie wird sich empören. Die Ärzte werden ihn, weil er privat versichert ist, verlegen lassen auf eine Innere, in der die alten Männer abgeschirmter sterben. Er wird auch in Augenkliniken liegen, wo die Verweildauern kurz sind, die Patienten deshalb nicht gesprächig und, sobald ihnen die Binden abgenommen sind, im kleinen Park vor dem Haus die neu geputzte Welt anschauen. Besuch werden sie nicht bekommen, dafür wird die gewöhnliche Verweildauer zu kurz sein. Es sei denn, ihnen wird ein Krebsauge ausgehöhlt worden sein. Das würde dauern. Auch auf der Kiefernstation wird es erträglich werden, wenn nur nicht alles passiert sein würde: Fischmenu, Kalbsbraten, Gemüsegratin. Die Matschspeise wird aus Gründen, die er nicht verstehen wird, weil er ein geduldiger und dankbarer Patient sein möchte, zum Kotzen sein. Ein Mitzimmerer wird seinen Mund weit öffnen und sich kehlig rühmen: Schauen Sie, alles schon raus. Er sage immer, wird der Zimmerkamerad sagen, dass, wenn es mit den Zähnen anfange, dann – er wird den Satz nicht vollenden.

Er wird mit einem das Krankenzimmer teilen, der die ganze Nacht fernsehen wird. Mit einem, der die ganze Nacht eine Playstation bespielen wird. Mit einem, der darauf bestehen wird, dass nach 20 Uhr der Fernseher ausgeschaltet wird. Den *Tatort* wird der weder kennen noch mögen. Er wird sich in ein Einzelzimmer, das er privat bezahlen wird, verlegen lassen; doch werden die privilegierten Einzelzimmer nahe der Schwesternstation liegen. Dort wird in der Nacht telefoniert, laut geredet werden. Dort werden die Kisten mit den Wasserflaschen, sofern es noch Wasserflaschen und nicht nur Wassertetrapacks geben wird, gefüllt, gelehrt, gestapelt werden. Dort wird gelacht werden. Von dort werden die Nachtschwestern, die nun zwei Stationen statt einer zu betreuen haben, mit ihren Plastiksandalen in den Flur hinaus und wieder her quietschen. Die Fugen unter den Krankenzimmertüren werden aus vermutlich guten Gründen so hoch sein, dass das Licht der Schwesternstationen nicht nachlassen wird, bevor es Tag werden wird und die Visitewagen laut losrappeln und die Frühstückscontainer laut abgestellt werden. Es wird gehupft wie gesprungen sein – aber diese Wörter werden ihm verdächtig werden –, ob das Schnarchen im Zwei- oder der Lärm der Schwesternstation im Einbettzimmer besser sei. Wird der Morgen kommen mit den Messungen und Eintragungen, mit dem Deckenlicht und Kaffeeduft, wird er noch leben. Er wird in ein Einzelzimmer verlegt werden müssen, weil zu befürchten sein wird, er habe sich mit einem Krankenhauskeim infiziert. Plötzlich werden alle um ihn herum rennen. Nur noch, was er unbedingt braucht, wird desinfiziert, das Übrige in blaue Plastiksäcke entsorgt werden. Heimlich wird er ein Buch und seine Stifte retten. Sie wird ihm dabei helfen. An der Tür seines Einzelzimmers wird ein Schild mit einem Eintrittsverbot befestigt werden. Die Schwestern werden eintreten, aber manche unvermummt, und manche austreten, ohne sich die Hände am neben der Zimmertür hängenden Desinfektionsspray zu desinfizieren. Sie wird das Zimmer, in dem er einzeln liegt, betreten dürfen, wenn sie sich von oben bis unten grün, weiß, blau verhüllt und mit einem Mundschutz versehen haben wird. Dennoch wird sie, von der nur ihre Augen zu sehen sind, ein Engel sein.

Die Zukunft trat nach und nach ein. In jedem Stadium wußte er nichts von ihr und hoffte unentwegt auf Besserung. Er hatte einen Kameraden, der war zum Fest des Musikvereins gegangen, und als er zurückkehrte, ausgerutscht und mit dem Kopf gegen einen Poller geschlagen. Nun saß er aufrecht und bewusstlos in den Kissen und erstickte. Auf dem Flur weinten seine Angehörigen. Einmal hatte er einen Kameraden, der riss sich in jeder Nacht Tropf und Katheter raus und wollte nach Hause. Am Morgen wusste er nichts mehr davon. Einmal hatte er einen Kameraden, von dem er nichts hörte und sah, auch nicht, wenn das Essen, die Visite kam, nur dann, wenn er unvermutet ein Viertel seines Harmgesichtes aus der Decke streckte und sagte: Ich will nicht mehr. Nein, er hatte gesagt, bevor er sich wieder unter der Bettdecke verbarg, der nicht anzusehen war, dass jemand unter ihr lag: I will it me – und: I geher weg. Einmal hatte er einen Kameraden, der fuhr in der Nacht auf seinem steuerbaren Bett auf und ab und verfuhr sich fast bis unter die Zimmerdecke und kam nicht mehr herab. Einmal hatte er einen Kameraden, der schlief unter einem Gerät gegen Schlafapnoe, das zwar ihn selbst vor unruhigem, gar hirntödlichem Schlaf rettete, ihn aber nicht. Einmal hatte er einen Weltenkapitän zum Kameraden, der tags Kirchenlieder sang und ihm den von ihm an den amerikanischen Präsidenten geschriebenen Friedensbrief vorlas, nachts den Fernseher laufen ließ mit bunten Fischen und Sauriern, während er schnarchte, doch wachte er sofort auf und schrie, wenn jemand, sei's er, sei's die Nachtschwester, den Fernseher ausschaltete. Einmal hatte er einen Kameraden, der seine ganze Welt auf die einzige Welt, die man im Krankenhaus hat, die Platte des Beistelltisches, stellen wollte, so dass dauernd etwas herunter fiel, was er so lange zu angeln versuchte, bis er aus dem Bett fiel. Er hatte einen Kameraden, der ungeschickt seine Urinflasche ein jedes Mal umstieß oder neben den Haken hängte und den Schwestern und seinen Besuchern einredete, nicht er, sondern sein Kamerad habe seine Urinflasche umgestoßen, weshalb es so übel rieche. Wenn die Wischerei begann, kam die stinkende Wahrheit ans Licht. Er hatte einen Kameraden, der erzählte ihm vom Frühstück bis zur Tagesschau sein Leben; dann kam die Diagnose, da sagte er kein einziges Wort mehr und war bald fort. Er hatte viele Kameraden. Einen immer, sich selbst. Das war auch nicht schön. Er hatte einmal einen Kameraden, der hatte schon einige Bypass-Operationen im rechten Bein hinter sich. Aber immer wieder wuchsen die zu Arterien geadelten, irgendwo aus seinem Körper gezogenen Venen zu. Da kam der Brand, und das rechte Bein wurde bis obenhin abgesägt. Aber der Kamerad sagte, er werde wieder laufen. Er ließ den Prothesenmacher kommen. Ließ sich Krücken und Rucksäcke schenken. Dann war er weg, irgendwohin. Er hatte einen Kameraden, der war mit 93 mit Herzinfarkt vom Rennrad gefallen, und alle seine alten Kameraden kamen in Radlerhosen und sangen ihm ein Lied. Dieser alte Kamerad schämte sich seines Kotes so sehr, dass er, um koten zu können, sieben Stockwerke mit dem Aufzug zu den Besucherklos fuhr. Er hatte einen Kameraden, der war Gastwirt und Wurstsalatkönig, der packte seiner Freundin, die war Gastwirtin und Schnitzelkönigin, das täglich bei den Mahlzeiten Gesammelte ein: Magermargarine, Magerwurst, Magerkäse und Dessert light, auch die Knäckebrotscheibchenminipäckchen. Er hatte einen Kameraden, den er von der Sauna kannte. Ihm wurde der Leistenbruch operiert. Er blieb nur zwei Tage und greinte: Ich im Spital, ich im Spital, stell dir das mal vor.

Wenn sie kam, und es gab Wurstsalat, überließ er ihn ihr. Sie aß selbst den Krankenhauswurstsalat gern, und was hätte er, der von ihr umsorgt wurde, ihr, die ihr Leben abgeschrieben hatte wegen der zwei Stunden des Besuches bei ihm, sonst Gutes tun können, außer ihre Hand zu streicheln, was wenigstens ihm gut tat.

Nachdem er eine Zeitlang wieder zu Hause war, begann sein rechter Fuß zu schmerzen, wie er ihn auch lagerte, welchen Schuh oder Strumpf er ihm auch anzog. Sein Arzt untersuchte ihn; kniete vor ihm und maß seine Waden mit einem Zentimeterband. Eine Thrombose war es nicht. Als der Arzt nicht mehr weiter wusste, als er sagte, es würden doch nicht etwa Miniembolien sein, stellte er ihm einen Einweisungsschein in die Innere des Klinikums aus und verabschiedete ihn: Ich hoffe, der Fuß wird zu retten sein. Na, dachte er, das wäre ja noch schöner. Aber Ärzte mussten ja, da am Ende immer der Tod gewiss war, mit Körperkatastrophen rechnen. Doch so weit war es noch nicht. Er bezog ein dunkles Zimmer der Krebs- und Sterbestation der Inneren, dessen Ärzte den Herrn mit dem Morbus Wegener gut kannten. Seine Krankenakte war so dick, dass sie nur mit einem festen roten Gummiband zusammengehalten werden konnte. Die Ärzte vermuteten, dass der Morbus sein Zerstörungswerk im rechten Fuß fortsetze. Die Ärzte verfünffachten die Cortison-Dosis. Die Schmerzen wuchsen. Gegen die Wut der Schmerzen zählte er laut, denn der Sterbende im Nebenbett hinter dem Paravent war nur als Beatmungsmaschine anwesend, bis 50 und wieder zurück, wenn er Schmerztropfen bekam; wenn nicht, musste er bis 75 durchhalten. Sein Fuß wurde grau und kalt. Er konnte nicht mehr auftreten; er musste in den Rollstuhl. Der heimtückische Morbus schlug den Ärzten ein Schnippchen nach dem anderen. Sie erhöhten die Dosis des Immunsupressivums. Die Schmerzen stiegen noch einmal. Aushalten, durchhalten, schrie er sich zu oder wimmerte er sich zu. Ein Funktionsarzt kam nach drei Tagen auf die Idee, seine Gefäße mit Ultraschall zu untersuchen. Er fand in beiden Kniekehlen eigroße Aneurysmen, aus denen, stand zu befürchten, Embolien, Teile des sich in der Ausbuchtung der Arterie im Knie sammelnden Blutdrecks, in den rechten Fuß geschossen waren. Nun erinnerte er sich: Als er am Computer gesessen hatte, war ihm gewesen, als sause etwas sein Unterbein herunter. Das hatte er allen Ärzten auch gesagt. Er

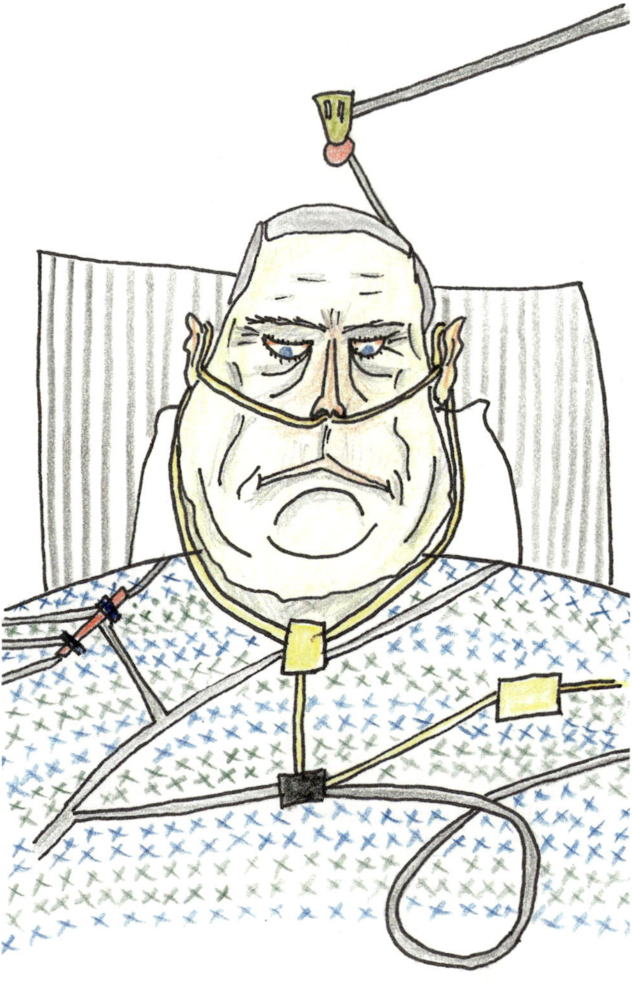

hatte zudem erwähnt und vorgeführt, dass, wenn er die Beine übereinander schlug, das oben aufliegende Bein pumpte und im Pulstakt zuckte, als kicke er. Hätte ihm nur einmal jemand in die Kniekehlen gefasst, er hätte die, wie sie nun sagten, imposanten Aneurysmen fühlen können. Es war also nicht der Morbus – oder schließlich doch der Morbus –, der seine Arterien schwach und weich gemacht hatte.

Nun ging es schnell. Die Internisten gaben ihn ab zur Chirurgie. Noch am selben Tag wurde er operiert. Das Aneurysma im rechten Knie wurde verödet, ein Bypass aus Venen vom Oberschenkel bis zur Wade gelegt. Als er auf der Intensivstation aufwachte, standen der freundliche Operateur und sie, die wieder mit einem Nachtzug gekommen war, hinter dem hohen Gitter. Er redete rasch und schnell mit ihnen, aber, wie sie ihm später sagte, verwirrt. Nun lag er zehn Tage auf der Intensivstation. Sein Schlaf war leise, er hörte die Geräte, hörte, wenn die Nachtschwester oder ein Nachtpfleger herbei schlichen, wenn die Kontrolleure kamen und die Arbeit des Nachtpersonals prüften. Am häufigsten hörte er das Klicken der Kugelschreiber, wenn stündlich Werte seiner Messgeräte in sein Krankenblatt eingetragen wurden. Das würde sich bald ändern; in Zukunft würden die Maschinen ihre Aufzeichnungen selbst herstellen. Er freute sich, wenn der Himmel graute, hell wurde hinter den hohen Bäumen des Krankenhausparks, der voller Vögel war: Krähen, Tauben, Elstern, Amseln und ein Falkenpaar. Die Mauersegler kamen im Schwarm mit schrillen Schreien angeschossen und zogen kurz vor der Hauswand hoch wie eine Staffel der Red Arrows. Die Schmerzen wurden erträglich, er bekam einen Schmerzkatheter in die Wirbelsäule gelegt, der aber immer wieder abrutschte, so dass er einige Anästhesisten kennen lernte, die ihm mit wechselndem Erfolg ein neues Katheter zu legen versuchten. Nachts waren Notärzte um ihn, Anästhesisten in ihrem bunten Notdienstzeug. Die Morphine taten gut. Die Kabel der Maschinen sammelten sich in einem Mischkreuz auf seiner Brust, von wo aus sie sich über den Körper verteilten und mal unter der linken, unter der rechten Schulter, an den Seiten drückten.

Die Maschinen gaben Alarm, wenn eine Phiole ausgetauscht werden musste. Sie gaben aber oft falschen Alarm, und der Intensivstationspfleger probierte eine Phiole nach der anderen aus, bis das Gerät entwarnte oder entfernt und durch ein neues ersetzt worden war. Er lag hier, damit der freundliche Chirurg sehen konnte, bis zu welcher Linie sein Fuß abgestorben war. Sie stand hinter dem Gitter, streichelte seinen grauen kalten Fuß und flüsterte ihm zu: Pump, pump Blut in den Fuß, du musst ganz fest daran denken, dann durchblutet sich der

Fuß wieder. Er befühlte seinen Fuß immer wieder, ob er nun wärmer würde oder ob er etwas spüre, ob eine Zehe zucke. Sie wollte die Hoffnung nicht aufgeben. Er hätte auch gern gehofft, aber wenn in der Frühe die Schar der Visite vor seinem Intensivbett stand, hoffte er nicht mehr. Die Visite bestand aus einem Professor, drei oder vier chirurgischen Oberärzten, die ihm folgten, und Assistenzärzten, die den stummen Schluss bildeten. Die einzige Frau war eine Schwester, die die Akten trug, als letzte den offenen Intensivraum verließ und ihm zulächelte. Die Ärzte stritten sich, ob eine Oberschenkel-, eine Knie-, eine Unterschenkel-, eine Hinterfuß- oder Vorfußamputation notwendig wäre. Manche Oberärzte schwiegen immer. Der freundliche Chirurg markierte täglich die Demarkationslinie, bis zu der der Fuß unrettbar war. Er bestand auf einer Vorfußamputation; andere auf einer Oberschenkelamputation. Er konnte sich, so aufgehoben und umsorgt er war, keine Folgen vorstellen; und sie weinte. Einmal schlugen gleich mehrere Geräte Alarm, seine Körperwerte explodierten. Sie dachten, er sterbe. Das tat er aber nicht. Sie lassen aber auch nichts aus, sagte der freundliche Chirurg, als er wieder seine dicke Akte studierte. Das hatte schon seine Augenärztin gesagt, als er nach der Laserung seines Nachstars eine Netzhautablösung bekommen hatte, was selten geschah, und nachdem ihm eine Kunstlinse, die aus einer schlechten Serie stammte, zerbrochen war, was noch viel seltener vorkam. Auch die Wade war durch die Embolien ziemlich zerstört, so dass deshalb und wegen des Bypasses eine Oberschenkelamputation unumgänglich schien. Die Demarkationslinie war festgelegt mit grünem Filzstift. Der freundliche Chirurg hatte sich durchgesetzt: Er würde, vielleicht zunächst nur, den Vorfuß amputieren. Nun war es so weit. Er würde die von Grau ins Blau gewechselte, kalte, ihm unheimlich gewordene Spitze seines rechten Fußes verlieren. Also morgen, sagte er zu seinem Vorfuß, bist du weg. Vorfuß war ja eine glückliche Lösung, kein Rollstuhl, keine schwere Beinprothese. Gut, vermutlich würde er anfangs etwas humpeln.

Nun lag er einige Wochen, nur auf dem Rücken, tags wie nachts, das nun verkürzte Bein auf einer hölzernen Schräge hoch gelagert, einen Blasenkatheter im Penis, immer am Tropf, immer an der Schmerzpumpe im Rücken, die mal hielt, mal nicht. Der turbanähnliche Verband um seine Amputationswunde wurde pünktlich und korrekt gewechselt, und immer sah alles gut aus, was er aber nicht sehen konnte. Er sollte sich etwas bewegen, um den Muskelschwund aufzuhalten, und wegen des Kreislaufes und gegen das Wundliegen. Er konnte aber, fixiert an die Schiene, nur den Kopf bewegen und die Hand mit dem Stift. Sie kam meist zur gleichen Zeit, und dann drehte er den Kopf zur Tür. Ihre Liebe war Händchenhalten. Beobachten, wie die Nacht wich, das Licht kam, unter der Jalousie die Lampen am fernen Ufer des Sees erloschen und die Sonne rot aufging oder nicht, dann wurde es einfach nur hell. Im Morgengrauen hinhören und schätzen, ob die Vögel, welches Wetter auch sei, immer zur gleichen Zeit laut werden, und, je nach Wetter und Licht, wie laut. Die Krähen zuerst, früh und kurz. Dann brach das Vogelgeschrei los, ebbte mit vollendetem Tag wieder ab. Die Mauersegler pfiffen manchmal in Kamikazeflügen über die Flachdachkante, manchmal weit weg im Himmel und näherten sich nicht, manchmal flogen sie tief, manchmal hoch. Am Abend umschwirrten Junikäfer die Fassade, er hätte sie, hätte er am Fenster stehen können, fast greifen können. Und dann flogen auch die Mauersegler fast ins Fenster. Die pakistanische Schwester sagte: Mauersegler, das habe sie noch nie gehört. Mauersegler waren ihre und seine Lieblingsvögel, mit ihnen begann der Sommer und endete er Anfang August, wenn beim Baden im See sich der Herbst schon mit Frösteln ankündigte.

Die Ärzte, sie, alle sagten ihm, dass das Leben auch auf eineinhalb Füßen weiter gehe. Nur der Vorfuß weg, reines Schwein gehabt. Und eigentlich blieben doch fast einzweidrittel Füße. Keine Affäre, wären erstmal die Wunden verheilt, die der Bypässe, die Amputationswunde, die Sorgen machte, weil sie nicht verheilen wollte. Noch bevor das erste Licht durch die Jalousien drang, noch wenn das Zimmer erkennbar war im Schein der Lampen auf dem Klinikgelände, warf er sein rotes Gymnastikband über den Galgen und versuchte, so leise wie möglich, etwas daran zu ziehen. Einmal riss es und schnellte ihm ins Gesicht. Er wollte sich nicht vorwerfen, gar nichts gegen den Zerfall der Muskeln getan zu haben. Er wiederholte die Übungen, die ihm die Physiotherapeutin gezeigt hatte, wie er sich aus den Kissen aufrichten, sich mit den Händen am Bettgitter halten könne. Die Therapeutin kam von Montag bis Freitag. Von den Patienten wurde sie gehasst, weil sie sie quälte. Von den Ärzten verachtet. Er erfand neue kleine Übungen, mit denen er, was sich halbwegs schmerzlos bewegen ließ, bewegte. Wenigstens die Zehen des anderen Beins. Mit der Ferse des unversehrten Beins scharren, es aufstellen. Wachte der Nachbar auf und besetzte das Bad, hatte er seine Turnpflicht getan und gab sich dem Licht hin, den Vögeln und, hatte die Morgenschwester die Jalousie hinauf summen lassen, den Hügeln, weit hinter den Bäumen des Klinikparks, am anderen Ufer des Sees, den Hügeln, über die er, bei Steigungen wiegend im Stehen, gefahren war. Nun lag er da, immobil und immer fetter werdend, aber die Erinnerungen waren vollständig und genau, an jeden Aufstieg, jede Kurve, an Häuser, Wiesen, jede Brücke; und wenn er die Augen schloss, war es ihm, als könne er Heu riechen oder Jauchefelder oder das geteerte Straßenbankett, als spüre er den kühlen Abenddunst auf den Armen, die bis zum Trikot dunkelbraun gebrannt waren. Nach der Anstrengung mit dem Gymnastikband kam die Nachtschwester, fragte nach der Nacht, maß das Fieber, maß den Blutdruck, brachte die Pillenleiste für morgens, mittags, abends. Dann kam die Frühschichtschwester, wusch ihm den Rücken und zog ihm ein neues Engelshemd über.

Dann kam die Visite und fand alles in Ordnung. Dann kam die Schwester wieder und brachte das Frühstück, statt zweier Brötchen waren ihm zwei Tassen Kaffee erlaubt worden. Und am Nachmittag kam sie. Er war zwar krank, aber was für Folgen das haben würde, konnte und mochte er sich nicht genau vorstellen. Es würde schon wieder werden. Das sagten ja alle. Er war versorgt. Sein Zustand war Kranksein, alle anderen Sorgen mussten draußen bleiben. Er telefonierte so wenig wie möglich. Manchmal stiegen Freiluftballons auf über den Schweizer Hügeln und verloren sich zu Punkten. Der Delphin-Zeppelin flog auf das Klinikum zu, sein Motor war zu hören. Ein Freund hatte gesagt, man müsse wissen, wo man daheim sei, denn nur da könne man sterben. Er wusste nicht, ob das so stimmte. Als er später im großen Klinikum der anderen Stadt, ihrer Stadt,

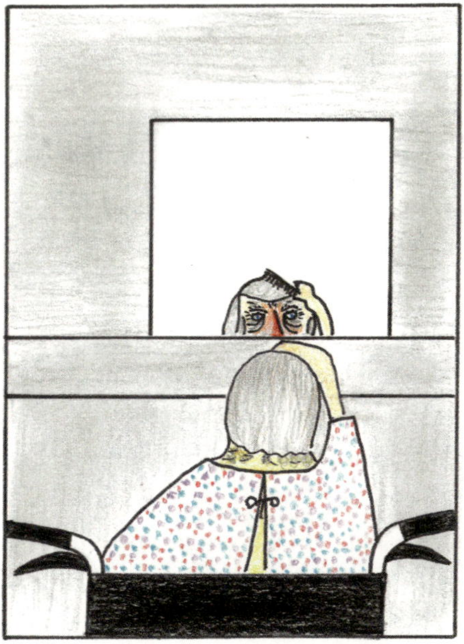

lag, weil ihm im linken Bein das Aneurysma entfernt und ein Bypass gelegt wurde – zweimal hatte er den ganzen Tag lang nüchtern im Bett gelegen und vergeblich auf die Operation gewartet und war wieder nach Hause geschickt worden –, im anderen Krankenhaus stieg der Dampf, in dem sich Morgen- oder Abendröte giftig verfingen, aus den Kraftwerken auf, dröhnte die Klimaanlage des Bettenhauses am Tag, und in der Nacht besonders laut. Flugzeuge zogen in den Abendhimmel ein sich stetig veränderndes Muster. Unentwegt Sirenen. Aber als er sich wieder am Rollator bis zum Ende des Flurs schieben konnte, sah er zum Fernsehturm, zum Dom, über die Dächer, aus denen viele Kirchtürme ragten. Geläut. Und Parks mit Bäumen gab es hier auch. Und Amseln, die unterscheidbar waren. Und die Hubschrauber, von denen er nie genau sah, wo sie landeten. Und Ängste, wer wie in den Hubschraubern lag. Als wenn das nicht auch eine Heimat wäre. Zumal es mittlerweile üblich geworden war im großen Klinikum der großen Stadt, dass Ärzte und Schwestern, Pfleger beim Kommen, beim Gehen die Patienten fürsorglich berührten am Arm, an der Hand, an der Schulter, schnell sogar am Hinterkopf mit einer kleinen Geste zum Trost, zur Ermunterung. Im kleineren Klinikum am See tat das nur eine Schwester, als sie ihm erzählte, dass ihr Mann sie verlassen habe, keinen Unterhalt für das Kind zahle, dass sie seit Jahren keinen Urlaub mehr habe machen können, sagte sie, und ihre Hand lag auf seinem Oberschenkel. Da war die fürsorgliche Berührung peinlich. Nicht einmal im durchsichtigen Sommer waren ihm, wenn er Schwestern sah, lüsterne Gedanken gekommen. Keine Erektionen mehr. Ob er, was er fürchtete, bei den Operationen Erektionen bekommen habe, sagte ihm niemand. Sie sagten nur ihr, dass er auf dem OP-Schragen so gewaltig zu schnarchen begonnen habe, dass sie hätten lachen müssen.

Im entfernten Schwesternhochhaus gab es am Abend oder am Morgen noch oder schon erleuchtete Zimmer mit roten Vorhängen, die beiseitegeschoben wurden, und eine junge Frau, soweit er dies erkennen konnte, lehnte sich aus dem Fenster und rauchte. Manche stützten die Ellenbogen auf den Fenstersims. Manche rauchten stehend. Manche telefonierten dabei. Er versuchte, die Appartements zu unterscheiden, die jungen Frauen, die Farbe ihrer Haare zu schätzen, bis sie wieder zurück getreten waren ins Zimmer, die roten Gardinen zugezogen hatten. Er gab ihnen Namen und ordnete sie nach ihren Dienstschichten. Und manchmal hörte man Lachen und Musik aus den Sommerfenstern herüber.

Sie war das Leben. Doch brachte sie auch die Sorgen des von ihm vergessenen Zuhauses mit und ihre Sorgen. Sein Leben waren die Erzählungen der Zimmerkameraden, wenn es ihm gelang, sie auszufragen. So machte er Reisen um die Welt und in fremde Biographien. Das Leben, das ihn ablenkte von sich, war das der Putzfrau. Es war eine Serbin, und bald kannte er ihr gescheitertes Eheleben, Sohn und Hund, ihre bösen Knie. Und wenn sie am Montag kam, erzählte sie von der Wallfahrt am Sonntag nach Maria im Tal. Vom orthodoxen Gottesdienst und dem Schmausen mit den Cousinen. Im anderen Krankenhaus waren die Festangestellten ersetzt worden durch Putzfrauen eines Subunternehmens. Die sagten kein Wort als ›Bitte‹, wenn er, als sie mit ihrem Putzwagen das Zimmer verließen, ›Danke‹ gesagt hatte. Er konnte ihnen nicht ansehen, er konnte nicht hören, welcher Nationalität sie waren. Sie eilten durch das Zimmer und wischten ab und putzten den Boden. Und dann kam die Kontrolle und prüfte, ob sie abgewischt hatten. Fünf Minuten hatten sie für jedes Zimmer, inklusive Badezimmer.

Seine Welt reichte so weit, wie seine Hände reichten. Immer waren seine Arme zu kurz. Was er brauchte, hatte er auf seinem weißen Tischchen und in dessen erreichbaren Schubladen genau geordnet. Auch sie durfte an dieser Ordnung nichts ändern. Würde etwas nicht genau da liegen, wie er es, fast wie blind, ertasten und erreichen konnte, bräche seine Welt zusammen. Das Schlimmste war, wenn etwas fiel. Dann verrenkte er sei-

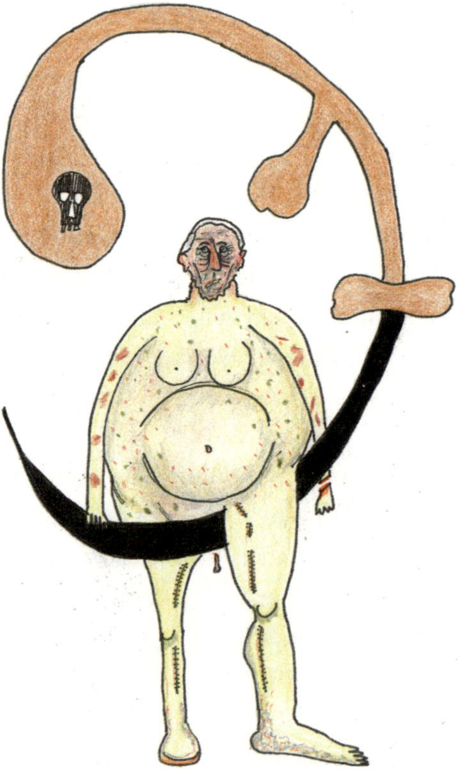

nen Oberkörper wie ein Gummimensch und versuchte auf dem Boden zu fischen, sich drehend, dehnend, wendend, ohne aus dem Bett zu kippen, das Gefallene zu finden, zu sehen und zu erreichen, unter dem Bett, neben dem Bett. Er benutzte Hilfsmittel, die Schnur seines Rasierapparates wie ein Lasso oder die eben geleerte Bettflasche, ein Lineal, ein Heft, den einen Pantoffel. Wenn er zu fischen versuchte, verfing er sich sofort im Gewusel der Schläuche und Drähte: der Kopfhörer, des Sauerstoffschlauches, der Fernbedienung, des Telefons, des Tropfs, der Schmerzmittelpumpe. Und immer wieder fiel etwas.

Das Gefallene zu finden und zu angeln, gelang ihm selten. Er musste warten, bis sie kam oder die Putzfrau anderntags. Denn die Schwestern, deren Aufgaben ständig erhöht wurden, hatten es immer zu eilig, als dass er sie sich zu fragen getraut hätte, das Gefallene zu suchen und aufzuheben. Am gemeinsten waren die Stifte, sein feiner Druckbleistift vor allem; gefallen war er nicht, aber meist mehr weg als da. Er fand ihn nicht in den Falten der Decke, um das Kissen herum, in den Schlupfhöhlen zwischen Decke und Kissen und Körper. Er hielt stets mindestens zwei feine Druckbleistifte bereit. Trotzdem waren sie immer weg. Oft lag er auf ihnen, was er erst bemerkte, wenn die Schwestern seine Decke auf- und den Druckbleistift heraus schüttelten.

Das Glück kam in kleinen Schritten, kam zuerst mit einem weichen Verbandschuh, mit dem er zum ersten Mal wieder auf der Bettkante saß und den bösen Fuß so weit herab hängen ließ, dass er fast den Boden berührte. Dann berührte er den Boden. Die Morphiumpumpe wurde durch orale Morphine ersetzt. Jetzt musste er sich bewegen. Das erste Mal alleine ins Bad. Es war ihm gelungen, ohne Hilfe von der Bettkante in den Rollstuhl zu wechseln, den Urinbeutel an den Rollstuhl zu hängen, den Tropf mit dem Fuß zu dirigieren. Stuhlgang statt Pfanne. Sich im Bad selbst den Hintern abwischen. Am Waschbecken sitzen, eine halbe Stunde im geschlossenen Bad nur für sich. Sie hatte ihm alle Utensilien so aufgestellt, dass er sie vom Rollstuhl aus, wenn er sich geschickt reckte, erreichen konnte, wenn manches auch nur mit zwei Fingern, mit denen er die Shampooflasche herunter ins Waschbecken fallen lassen konnte. Sich rasieren und nicht den Unmut aller über seinen lauten Rasierer zu erwecken. Sich am Waschbecken die Zähne putzen, ohne in eine Presspappschale ausspucken zu müssen. Das Wasser über die Hände laufen lassen. Er lernte, das intakte Bein ins Waschbecken zu drehen. Er wusch sich selbst die Haare und stieß sich, blind vom Shampoo, nie am Wasserkran. Da er niedrig saß, konnte er im Spiegel nur den Kamm in seiner Hand, den Scheitel, seine Stirn sehen. Und wenn er, duftend, aus dem

Bad rollte mit Urinbeutel und Tropfständer, war das Bett frisch gerichtet, lag da ein neues Engelshemd, neue, durchgeschabte und nach Desinfektion riechende Klinikhandtücher. Er stemmte sich ins Bett, verknotete das Schlitzhemd im Nacken, sank in die Kissen und wartete auf das Frühstück. Es roch vom Flur her schon nach Kaffee. So geordnet und behütet konnte das Leben weitergehen. Bis zum letzten Tag trug er die Engelshemden, obwohl die Schwestern ihn deswegen verlachten; auch ihr gefiel das nicht. Er wollte aber nicht so tun, als wäre er wie zuhause, wenn er sich Hemd und Pullover überzöge.

II »Im Traum bin ich Fußgänger«
Wolfgang Schäuble

Dann war ich in Afrika. Afrika sah anders aus, als ich gedacht hätte. Eher wie Asien oder die Fjorde von Norwegen. Oder die Schwäbische Alb. Ich flog über Atlantik und Pazifik. Endlich konnte ich fliegen. Ich war ja so oft damit gescheitert, dass ich schon dachte, ich würde es gar nie mehr fertig bringen. Es war aber jemand hinter mir her. Es ist schwer, um sich zu schauen, wenn man so schnell fliegt. Ich kroch in einen Überseetunnel. Hier waren alle nackt. Noch nie hatte ich solche Apfelplantagen von so ungeheurem Wuchs gesehen. Die hinter mir her waren, schossen auf mich. Sie trafen mein Knie. Ich rette mich ins Wasser und schwamm nach Gevelsberg. Die Wälder waren dicht und sehr grün. Nun griffen sie mich aus der Luft an, mit Doppeldeckern. Ich stellte mich einfach tot und rannte, als sie weg waren, über kahle afrikanische Berge, die ich eher in Afghanistan vermutet hätte. Es ist doch immer wieder grandios, welche Landschaften man im Traum erleben kann, dachte ich. Jetzt hatten sie mich fast. Aber noch nicht ganz. Ich beschleunigte, mein Atem kochte. Zwischen Rhein und Weser segelte ich von Funkturm zum Dom. Das mit der Atemnot konnte nicht gut gehen. Es wäre von Vorteil, nun aufzuwachen.

Die bedeutende, mächtige Literaturkritikerin ist bei uns zu Hause. So hatte sich s. das immer gewünscht: eine hohe, weitläufige Berliner Altbauwohnung, voller Bücher, voller Bilder, Parkett, so wie Herta Müller und Rüdiger Safranski wohnen. Bei uns aber keine ausgesuchten alten Möbel, alles verratztes Studentenmobiliar, abgestoßen, wackelnd, bunte Plastikbeschichtungen. Unter den wackelnden Tisch ist eine zusammengefaltete TV-Zeitschrift geschoben. Wir schämen uns sehr. Die große Literaturkritikerin ist in Begleitung des stadtbekannten Kulturmanagers. Zum Essen soll es ans Wasser gehen, ist man schon mal am See. Ich fand kein Lokal. Ich fand, obwohl ich seit mehreren Jahrzehnten hier alles aus dem ff kenne, auch den Platz am Seerhein nicht mehr, wo die große Literaturkritikerin ihr Auto geparkt hatte. Dabei hatte ich noch geprahlt: Wenn wo, dann kenne ich mich in Konstanz aus. Irrtum ausgeschlossen. Ich lief, ich rannte hin und her, von Parkplatz zu Parkplatz, schaute zwischen allen Pappeln nach, während die Großkritikerin und der stadtbekannte Kulturmanager stehen geblieben waren und sich unterhielten. Ich schwitzte, ich hechelte. s. konnte mir nicht helfen; denn sie hatte nicht mitkommen können, da ihre Tochter das Auto zu Bruch gefahren hatte. Ich wollte immer sagen, dass ich auch Schriftsteller sei. Das traute ich mich dann doch nicht. Die große Literaturkritikerin und der stadtbekannte Kulturmanager hätten damit auch nichts anfangen können.

Wir fahren nach Berlin. Endlich. Das Schiff schliddert über das Eis der Spree, das, schmal zwischen den nahen Ufern, in wegfegenden Bahnen vor dem spitzen Bug blinkt. Eine Lust. Wir stehen in Winterjacken, der Wind fährt in die Kragen und hebt das Haar an. Unter dem überblauen Himmel prunken die weißen Schlösser mit ihren Türmchen und Erkern aus den waldgrünen Hügeln. Und immer neue Türme und Villen am Ufer zu den Füßen der blühenden Parks. Ich frage ihn nach den Namen der prächtigen Gebäude. Er weiß sie nicht. Bevor wir Berlin erreicht haben, ist meine Eisspreereise am Ende. Ich habe kein Geld mehr und muss in Wladerich das Schiff verlassen.

Krieg. Er beginnt auf einem unbebauten Grundstück im Industriegebiet, auf dem die Brennnesseln hoch ste-

K.s Traum

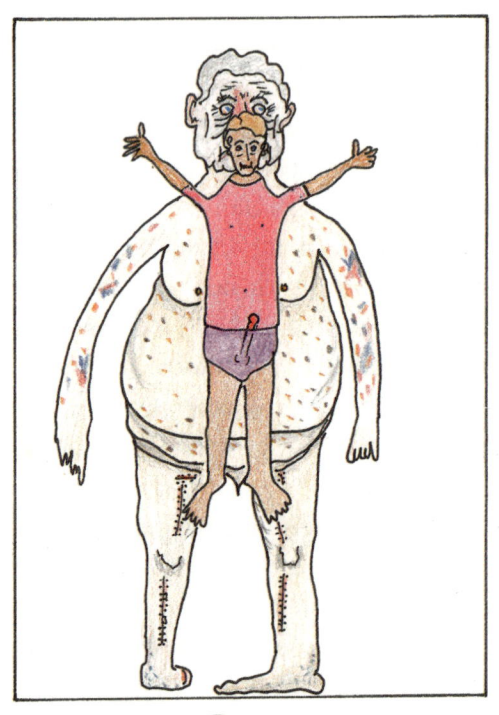

hen und Brombeersträucher kein Durchkommen gewähren. Alle wollen da hin. Leoparden soll es dort geben, Panther und Tiger. Autos, Laster stauen sich vor dem Grundstück, obwohl doch nichts von dem Gewimmel im Gestrüpp zu sehen ist. Luchse schleichen, Bären und Molche. Kettenpanzer, geölter Stahl. Ich muss hier fort und renne die Straße entlang wie ein elender Feigling, als wenn die Feldpolizei hinter mir her wäre. Ich gelange an einen Bauernhof oder eine größere Gärtnerei. Ein offener Laster biegt ein, der hoch Unrat, Erde geladen hat. Obenauf liegt etwas, das zuckt. Die Gärtner oder Bauern kommen in langen grünen Gummistiefeln und wollen den Laster entladen mit Spießen und Gabeln. Da stimmt doch was nicht, das ist eine menschengroße lebende Wurzel. Jemand, der was zu sagen hat, ruft: Nichts, das atmet, wird vernichtet. Mir fällt auf, dass er athmet mit th spricht. Die französischen Gärtner oder Bauern wollen erst nicht gehorchen. Das erdige, beklumpte, zuckende Wurzelgeflecht kann doch kein Mensch sein. Besser, ich schaue da nicht so genau hin.

Das sind doch meine Zehen, die da weglaufen. He, Zehen, rufe ich, wo wollt ihr denn hin?

Ich sitze auf den Bäckerei-Café-Bänken vor dem Konstanzer Bahnhof. Da kommen Enzensberger und eine *Spiegel*-Redakteurin an meinen Tisch, ohne von mir Notiz zu nehmen. Die Journalistin fragt Enzensberger ein Loch in den Bauch für ein Interview. Ich finde das Gespräch sehr interessant und Enzensbergers Art zu antworten sympathisch. Ich fühle mich so wohl und denen so vertraut, dass ich, als sie fertig sind, sage: Darf ich auch etwas fragen; ich bin nämlich Kollege. Wie ich denn heiße, fragt die Redakteurin. Mit meinem Namen können sie nichts anfangen. Aber ich hätte doch, hätte er nicht einen anderen Termin wahrnehmen müssen, beinahe mit Hans Magnus Enzensberger Kontakt gehabt, als ich *Transatlantik* in München besuchte. Nun erinnert sich Enzensberger: Sind Sie etwa der, der vergeblich versucht hat, den Münsch herauszugeben. Ja, rufe ich, froh, erkannt zu sein, obwohl ich nicht weiß, wer oder was Münsch ist.

Es wird immer ärger. Meiner Pflicht, zwischen den Seminarstunden die Seminarräume zu wischen, kann ich schon seit Längerem kaum mehr nachkommen, umso weniger, weil mein Stundendeputat verdoppelt worden ist. In der Besenkammer ist mein Putzwagen mit Schläuchen, Ventilen, Drähten an ein ölverschmiertes altes Fahrrad gebunden. Wer hat denn das wieder gemacht, und warum denn? Ich bin technisch gar nicht in der Lage, meinen Putzwagen mit Eimer und Schrubber von dem Fahrrad zu lösen, außerdem bekäme ich schrecklich verschmierte, kaum rechtzeitig vor dem nächsten Unterricht zu reinigende Hände. Als ich mich in die letzte Reihe des Seminarraums gesetzt habe, kommen zwei Studenten mit grünen Kapuzenjacken zu mir, die ich flüchtig als angenehme Zeitgenossen kenne. Erst würgen sie mich ein bisschen in kumpelhaftem Spaß, dann erklären sie mir ernsthaft und eindringlich, dass sie fordern und erreichen wollen, dass erst ab 19.30 Uhr die Seminarräume geputzt werden. Das sei mein Problem. Das geht doch wirklich zu weit, klage ich meinem Freund, der Professor ist und keiner Putzpflicht unterliegt. Der Professor und seine Frau fahren auf ihren Rädern über den Deich zu einem Biergarten. Das ist dein Problem, winkt mir mein Freund zu. Was soll ich nur machen? Dass ich mittlerweile zu 90% schwerbehindert bin, bringt mir vielleicht eine Minderung meiner Putzpflicht – aber das ist doch keine generelle Lösung.

Etwas ist nicht sauber mit mir. Es ist etwas Sexuelles. Ich warte auf etwas, das mir Lust verschaffen soll, obwohl ich längst etwas Sinnvolles hätte tun sollen. Mein Haus ist eine große Villa. Ich liege auf einer Matratze, ziemlich unordentlich. Das Telefon habe ich auf den Boden des Verandazimmers gestellt. Es klingelt einmal. Als ich es endlich gefunden habe, ein zweites Mal. Ich will die beidseitigen Schiebetüren zwischen den Zimmern zuziehen wie einen Vorhang. Sie lassen sich nicht bewegen. Ich ahnte es. Auch die Fenster lassen sich nicht öffnen. Ich habe ein windiges Krankenhausnachthemd an und laufe aufgescheucht von Fenster zu Fenster. Es lässt sich öffnen. Aber als ich ausgestiegen bin, liegt unten ein etwa drei Meter tiefer Graben, gebildet durch einen Palisadenzaun, der um mein Haus gebaut ist. Da komme ich schon raus und runter. Ich setze einen Fuß auf einen Querbalken. Da steht im Graben ein schwerbewaffneter Schweizer. Aufgedonnerte alte grüne Zöllnermontur. Gewehr. Völlig emotionslos rechnet er mir vor, dass ich mit dem Zug nach Friedrichshafen gewollt habe. Ich gebe es zu. Und dann wieder von Friedrichshafen zurück. Ich gebe es zu. Das sind dann 2 mal 36 Euro. Plus 50 Euro Buße, denn es sei verboten, mit dem Zug nach Friedrichshafen zu fahren, man müsse ein Flugzeug nehmen. Ich widerspreche. Es ist nichts zu machen. Wie soll ich das zahlen? Der Schweizer Soldat dreht mir den Rücken zu und geht, ohne sich noch einmal umzudrehen, den Weg in Richtung Zoll hinan. Das wird ein Nachspiel haben, rufe ich ihm nach und drohe aus meinem Engelshemdchen. Er geht weiter. Ich werde meine Freunde, J. K. und die Kantonsräte einschalten. Er dreht sich nicht einmal mehr um.

Wir waren eine versprengte Schar. Wir hatten Mehlsuppe gegessen. Wir zogen durchs Land. Unter einer Bahnunterführung her. Der schnelle Zug nach Bern war weg. Es fuhr noch der blaue, der langsame, der bei jeder Gießkanne hält, von Sülz nach Bern. Ich korrigierte den Kameraden: nicht von Sülz, sondern von Sürth nach Bern. Er kam und wir mussten stehen. Schnell waren wir am Ziel. Auf einer Wiese waren alle Bücher schon ausgebreitet. Wir begannen die Versteigerung. Die Bieter saßen, wo sie wollten. Die ersten Bücher wollte niemand haben. Für das zerfledderte *Die Alternative*-Heft meldeten sich vier. Bevor wir die Versteigerung begannen, fragten wir nach, ob wirklich jemand ernsthaft an dem Heft Interesse habe. Drei waren abgesprungen, auch J. K., von dem ich am ehesten gedacht hätte, dass er das rote unorthodox marxistische Heft wirklich würde haben wollen. Einziger Bieter war nun CH. K., das hätten wir nicht gedacht. Er saß in seinem Schrebergarten, saß in seinem Rollstuhl und spuckte Kirschkerne in eine Plastikröhre. Wir machen weiter, rief ich, hier in zwei Wochen, wenn der blaue Zug wieder kommt. Er kommt erst in drei Wochen, korrigierten mich die anderen. Aber es war schon zu spät, alle waren schon weg.

Lange genug bin ich auf meinem Rad durch die Vororte gefahren. Die mit den Buchsbaumstraßen. Alle bemoost. Die bescheidenen Villen der 50er Jahre zugewachsen. Die Allee ist in der schwarzen Nacht nicht zu erkennen, aber da. Ich kenne die turmhohen Bäume. Ab und an das rote Licht eines Rades vor mir. Die Sachen hingen im Schulhaus. Jeder holt sich, was er mag: einen Kerzenleuchter, ein Buch, ein Spiel. Auch die Zwillinge haben sich etwas geholt. Sie sind nett. Es ist nun Tag. Vor dem Schulhaus kehre ich wieder um. Ich sitze bei Toni, vor dessen Haus im Dorf. Im noch kahlen Bäumchen neben dem Tisch, den Stühlen beginnt ein Vogel sein Vorjahrsnest wieder zu bauen. Könnte so sein. Der dunkle Knubbel könnte aber auch die mumifizierte Vogelleiche sein. Mir gegenüber sitzt ein junges Paar. Eng beieinander. Ich muss mir unbedingt etwas notieren. Ich beuge mich vor und will auf dem rechten Oberschenkel der prallen, hell gewaschenen Jeans von ihm etwas schreiben. Der Kugelschreiber versagt. Die beiden schauen befremdet, protestieren aber noch nicht. Ich muss das notieren. Aber es ist eine Frechheit. Warum schreibe ich nicht in mein Heft? Dort schriebe es sich viel leichter. Toni schiebt eine Karre vorbei und grüßt freundlich herüber. Vielleicht sollte ich hier heimisch werden.

Unter dem Vorwand, meine Studien fortzusetzen, wurde ich nach London geschickt, um einen mir unbekannten Spionageauftrag zu erledigen. Käme ich in Bredouille, solle ich sagen, ich sei Kugelgelenkingenieur, davon verstehe niemand was. Ich wohnte in der Villa von Scholz, die in ihrer besseren Hälfte noch von einer alten Dame und ihrem Pfleger bewohnt wurde. Schnell wurde ich mit zwei jungen Leuten bekannt. Einem freundlichen schlanken Franzosen, dem ich nicht über den Weg traute, und einer jungen, etwas fülligen Engländerin, die vorzüglich deutsch sprach und in die ich mich sofort verliebte. Offenbar musste ich ihr ein schriftliches Liebesgeständnis gemacht haben, denn zum Fest in der Villa kam sie mit einem Antwortschreiben, das sie nach langen Gesprächen mit ihrer Oma verfasst hatte und das sie mir zu Beginn des Festes in einem braunen Umschlag gab. Ich war mir ziemlicher sicher, dass es sich um eine Absage handelte, fand aber keine Gelegenheit, den Brief zu öffnen – oder ich wollte ihn nicht öffnen. Das Fest ging seinen Gang. Bevor mich der Franzose fragen konnte, was ich studiere, war ich schon im nächsten Zimmer oder schaute mit der Engländerin am hölzernen Geländer der Terrasse in die laue Nacht. Ich sagte ihr, dass ich den Inhalt des noch immer nicht geöffneten Briefes kenne, und sie entschuldigte sich, dass sie trotz ihrer Zuneigung mit mir keine Liaison beginnen könne; denn ich sei wirklich viel zu alt. Das meine auch ihre Oma. Das war klar. Und der Gedanke, mit ihr ein Kind zu haben, was sie sicher unter allen Umständen würde haben wollen, und nicht nur eins, erschien mir in der Tat so absurd, dass ich froh war, dass sie eine Heirat zurück wies. Ich rechnete hoch: Ich war 35 Jahre älter, schwerbehindert und unansehnlich, auch nicht reich. Die Vorstellung, in ihrem angenehm gerundeten Leib ein Kind zeugen zu wollen, erschien ebenso unsinnig wie unappetitlich. Außerdem wäre ich dazu wegen fehlender Puste gar nicht im Stande gewesen. Ich war erleichtert, dass mein Liebesrausch und -werben so glimpflich ausgegangen war, mochte ihre fröhliche und zutrauliche Art aber weiterhin. Sie roch so gut und war so rosig jung. Sie war mir in den wenigen Tagen so vertraut geworden, dass ich mir überlegte, ihr die Wahrheit über meine Mission zu sagen. Aber das hätte die schlimmsten Folgen haben können: Mein Auftrag würde auffliegen, mein Geheimdienst diskreditiert, ich selbst könnte umgebracht oder irgendwo unter falscher Identität kalt gestellt werden. Wie gut es war, dass ich mich nicht offenbart hatte, dämmerte mir, als meine Engländerin unbedingt in meinen schmalen Lederkoffer schauen und, als sie den flachen Zigarrenkasten sah, eine Zigarre haben wollte. Nun wusste ich, dass meine Agentenführer in den Zigarren hoch geheime Dinge verborgen hatten, Botschaften, Waffen, Elektronisches. Es war mir also unmöglich, ihr eine Zigarre zu geben, und es schien mir doch sehr absonderlich, dass sie unbedingt eine Zigarre haben wollte. Zumal ja nahezu niemand mehr Zigarren rauchte oder Zigarrengeruch schätzte. Frauen schon gar nicht.

Mit der Studentin, die mich eingeladen hat, habe ich alles abgesprochen. Ich habe ihr meinen detaillierten Argumentationsplan erläutert. Sie hat mir ihre Unterlagen gezeigt und einiges von ihrem Studium erzählt. Wir saßen bei einem Kaffee, gingen auf einem schattigen Waldweg hin und her. Dann näherten wir uns dem Auditorium in der Wiesenschneise bei ST. Katharinen. Köpfe, viele uns zugewandte Köpfe, in einer der hinteren Reihen das mir eher abgewandte Gesicht meines Chefs im Profil. Die Studentin stellte das Thema vor. Und die Katastrophe begann. Mein Vortragsplan war verschwunden, war weder in meinem Kopf noch in der Klarsichthülle, in der die Schein-Unterlagen der Studentin steckten. Ich tat angesichts der vielen stummen Gesichter und des Profils meines Chefs, was ich unbedingt hatte vermeiden wollen: Ich redete frei über die Frage: Warum soll man Literaturwissenschaft studieren? Damit war ich, war die Veranstaltung schon verloren. Ich haspelte. Die Studentin neben mir wusste nicht, ob sie mir beispringen könne oder nicht. Das Auditorium schwieg, schaute unbewegt aus der Wiese auf mich. In meiner Not griff ich zu den dümmsten Allgemeinplätzen, während ich von einem Fuß auf den anderen wippte, zu ausufernden Handbewegungen fast schrie: Die Liebe zur Literatur ist das wichtigste Motiv überhaupt. Und so fort. Je stiller es wurde, umso peinlicher wurde es für mich. Ich schämte mich, vor der Studentin neben mir, vor dem Auditorium, vor meinem Chef. Wissen Sie, rief ich großspurig und hampelnd, das Schlimmste, das ich erlebt habe, ist, dass ein Student auf die Frage, welche Seminararbeit er letztes Semester geschrieben habe, antwortete, das wisse er nicht mehr. Welches Seminar? Weiß ich nicht mehr. Welcher Dozent oder Dozentin? Das weiß ich nicht mehr. Welches Thema? Das weiß ich nicht mehr. Aber Sie müssen doch wissen: Gattung, Autor, eine Epoche, ein historisches Thema? Weiß ich nicht mehr. Ich zapple vor dem starren Auditorium und erhöhe meinen Ton: Sie müssen sich doch an irgendetwas erinnern, sonst kann ich Ihnen diesen Schein nicht anerkennen. Die Studentin neben mir blickt und beugt sich weg. Der Student ist nicht bockig oder unhöflich, er sagt ganz sachlich: Nein, ich weiß es wirklich nicht mehr. Die einzige Lösung: Nur weg hier.

Das würde s. sicher interessieren; ich hatte ihr die romanische Kirche von Biblis nie gezeigt, die intensiv bunten Fragmente mit den Resten gebärdenreicher Männer mit starren Gesichtern unter abgebrochenen dreifarbigen Regenbögen. Ich trug den aufgeschlagenen, breitformatigen Prospekt in der Hand und fürchtete, das könnte mir auf unserer noch langen Wanderung lästig werden. Ich sagte mir und meinem Bruder, um ihn zu dem noch weiten Weg zu ermuntern und um mich zu entschuldigen, den Spruch, der entweder in dem Prospekt stand oder den ich auf einer meiner Wanderungen geprägt hatte: Biblis, die Stadt der Männer und Heiligen. Als wir nach Biblis kamen, entschied ich, der die Stadt umstehenden schattigen Baumallee nach links zu folgen und die Stadt durch das Tor zu betreten. In Biblis war helle Aufregung um den brackigen Dorfteich. Ein Blitz hatte einen der alten heiligen Riesenbäume gespalten. Die Männer hatten Seile um den alten grauen Ast geschlagen und versuchten, ihn aufzurichten. Wir mussten unter den straffen Seilen hindurch, teils auf dem Rücken liegend, während die Männer sich laute Kommandos zuriefen und sich nicht um unsere Kriecherei kümmerten. Das strengte an – ob wir den Weg bis nach Kreuzlingen noch schaffen würden? Da sah ich ein Schiff nach Kreuzlingen, das eben am Hafen ablegte. Ich hätte mir gewünscht, es erreicht zu haben, aber ich konnte ja wegen meines amputierten Fußes nicht mehr schnell laufen. Der Weg nach Kreuzlingen würde noch unangenehm lang sein, denn ich erkannte am seltsam nahen anderen Ufer des Sees den Turm der Reichenauer Kirche Oberzell über den Bäumen. Also waren wir erst auf der Höhe von Ermatingen. Sollte ich meinem Bruder sagen, der mir, weil ich mich ja auskannte, ohne Vorbehalt traute, dass der Weg vielleicht nicht mehr zu schaffen war? Geht es dir gut, fragte mich mein Bruder, aufgeschossen groß, schlaksig und kräftig, mit dem kantigen Männerkinn. Mir gehe es erstaunlich gut. Keine Schmerzen? Nein, weder unter den Rippen noch im Fußstumpf, der, das hätte ich mir nie träumen lassen, unversehrt in einer offenen Sandale mit mir lief.

Es ist so schön, so lustig und rasch bewegt. s. setzt sich auf meine Beine, und wir kreiseln über das Parkett des Wohnzimmers in meinem Rollstuhl. Es ist wie ein lachender Tanz. s. hat ihre Arme um meinen Nacken gelegt, ich mein Gesicht an ihr warmes. Weil ich so nichts sehen kann, besteht die Gefahr, dass wir mit dem Rollstuhl und unseren Beinen gegen die Wände boxen könnten, vor allem gegen die Trennwand zur offenen Küche. Aber s. passt schon auf, sie verhindert die Unfälle, die ich in meiner Blindheit und in unserem Rausch, in dem ich mit meinem einen Fuß den Rollstuhl kreisen lasse, anstellen könnte. Nichts als Tanz, Lachen und das Quietschen der Rollstuhlreifen. Ich muss aufs Klo und öffne die für den Rollstuhl so schmale Tür zum Klo. Das Klo ist besetzt. b. sitzt auf dem Klo. Ich schreie. Ich habe nichts gegen b., ich habe nichts dagegen, dass sie auf unserem Klo sitzt. Aber wie konnte es denn sein, dass b. unbemerkt in unsere Wohnung kam? Da stimmt doch was nicht. Im Waschbecken sprudelt ein Wasserturm. Aber ich brauche das Waschbecken, um mich daran auf meinem Badstuhl zu waschen. Mach kein Drama, beruhigt s., sie brauche den Quirl nur abends, um ihre Zahnschiene zu spülen.

Ich bin voraus gefahren zu unserem holländischen Ferienort. s. kommt nach. Der Weg ist ein schmaler Pfad vor dem hohen Damm der eingleisigen Küstenbahn.

Er fällt mir schwer. Aber dann kommt doch noch der Durchgang durch den Damm; und ich sehe das Meer. Ich hätte nicht gedacht, dass es mir gelingen würde, meinen Koffer über den von Nässe festen Strand zu ziehen. Ich bin am Bahnhof. Er ist ein blendend weißes Jugendstilgebäude, aber es ist kein Ortsname zu erkennen. Bin ich nun am falschen oder richtigen Bahnhof der Küstenbahn? Ich schlage meine Karte auf und hole das Schreiben der Pensionswirtin hervor, aber das nützt nichts, weil ich ja nicht weiß, vor welchem Bahnhof ich stehe. Auch in dem Gebäude kein Ortsname. Zwei junge Frauen kommen, die, bevor ich noch das erste Wort Holländisch versucht habe, sofort mit mir Deutsch sprechen. Ich probe holländische Sätze in meinen Kopf, langsam und mir nicht sicher, dass sie korrekt sind. Die jungen Frauen ignorieren das und reden ein perfektes Deutsch. Sie sind freundlich und munter. Wir sitzen auf den Treppenstufen des Bahnhofs und plaudern. Ich schäme mich für mein Alter. Es stellt sich heraus, dass ich am richtigen Bahnhof bin. Nur eine längere Straße entfernt ist der Teilort, in dem unsere Pension liegt. Eine der beiden jungen Frauen will mich hin bringen. Bevor wir mit meinem Ziehkoffer auf die Straße zum Teilort los marschieren, fällt mir ein, dass ich vergessen habe zu sagen, dass ich behindert bin und wegen der Atemnot nur alleine und ganz langsam gehen kann.

Es ging über flaches Land. Mittelhoch, eben und unbekannt. Auch wenn ich mich aus dem Sattel hob, kein See zu sehen. Nichts tat mir weh. Kein Knie, nicht der Po auf dem Spitzhornsattel. Diese Lust, wieder in dem eng um die schmale Brust gespannten Trikot zu stecken. Die Handschuhhände an den Lenkerhörnern, die freien Finger leicht an die silbernen Bremsbügel gelegt. Wir waren zu dritt. W. F. und P. C. waren mit von der Partie. Wälder von fern, Felder und Wiesen nah, Kirchtürme, an die ich mich nicht erinnerte. Seekirchtürme waren es nicht, die wären mir alle bekannt gewesen. Es wurde später Nachmittag, wir näherten uns einer Kleinstadt, rasch fuhren wir bergab in die Stadt über die Hauptstraße, in deren zweiten Reihe hinter den Bauerhäusern weiße Klötze standen, Kleinhochhäuser, und wir mutmaßten, wem die gehören könnten, und kamen auf uns unbekannte Sekten oder Wellnessthermen, Kongressgefängnisse für Reichere. Erst dachte ich nur daran, dann traute ich mich, es meinen Gefährten zu sagen, dass wir nach einem Gasthof, einer Übernachtungsmöglichkeit schauen sollten. Wir hatten uns 150 Kilometer vorgenommen, waren nur 75 weit gefahren, ich fürchtete, die Strecke nicht zu schaffen. Wir sahen nur ein altes Schild an einem verfallenen Fachwerkgasthof an der Hauptstraße, das ein Doppelzimmer ankündigte. Damit war uns nicht gedient. Wir suchten in den kleinen Quergassen nach einer Unterkunft. Alle, die wir fragten, waren recht zuvorkommend und auskunftsbereit. In einem kleinen Laden bei einer freundlichen, dicklichen Frau im Schurz tranken wir Saft und Milch. Wir rüsteten die Räder zur Rückfahrt. w. f. prüfte die Bremszüge, zog Umwerfer- und Ganghebel nach. Er band mir die Tasche auf den Rücken, in die der Inhalt nicht passen wollte, vor allem seine gefüllte Aktentasche wollte weder quer noch längs hinein. Meine Handschuhe waren nun warme Wollfingerhandschuhe. Ich verlor sie. Ich hatte große Angst vor dem Berg aus der Kleinstadt wieder hinaus. Das Liebste wäre mir gewesen, wenn einer der Gefährten mein Rad und mich über den Berg aus der Stadt hinaus geschoben hätte. Dazu regnete es nun. Das bunte Trikot würde nass und kalt am Leib kleben. Ich würde nie den Berg hinauf fahren können. Ich schämte mich: Ich hatte mich übernommen.

Das ist ein Chaos hier. Die Mädchen laufen durcheinander, geben mir was, das ich auch noch mitnehmen solle, hätten mich am liebsten hier behalten. Ich packe meine Hosen- und Manteltaschen aus und ein, um zu schauen, ob ich alles habe. Ich muss hier fort. Ich sage, ich müsse zum Zug, obwohl ich gar nicht weiß, wann einer fährt. Ich möchte gegen das Chaos der Ratschläge, Hinweise, Zusteckereien schreien, aber das darf ich nicht, sie sind alle übernett zu mir. Dann sind sie alle

weg. Dann ist der Mann da, der auch zum Bahnhof will. Wir kriechen unter dem Gatter und über den Zaun aus dem Haus. Du gehst so komisch, fragt der Mann. Der hat doch nur noch einen Fuß, antwortet ein andrer, weil ich zum Reden keine Luft habe. Dann bin ich wieder alleine, und mein Koffer steht auf der Wiese, über die dann über Stock und Stein der halbstündige Fußweg zum Bahnhof führt. Daran erinnere ich mich. Ich bin außer Atem, mein Fuß schmerzt, ich weiß, dass ich nie und nimmer den Fußweg zum Bahnhof schaffe, selbst wenn ich keinen Koffer ziehen müsste. Hätte ich doch nur ein Taxi. Aber wie soll ich hier auf der Wiese zu einem Taxi kommen?

Das Seminar macht eine Exkursion zu dem Ort, wo man antiquarisch Lurchi-Hefte bekommen kann, gratis, wenn man ein Kind unter 8 Jahren wäre. In der Gruppe sind wir zwei Rollstuhlfahrer, G. W. und ich, und eine Rollstuhlfahrerin. Leicht geht es über asphaltierte Feldwege dahin, etwas schwerer über die Wege durch den Wald, hinter dem die Gebäude meines Internats liegen müssten. Mein Rollstuhl läuft gut und bereitet mir keine Anstrengungen. In einem ziemlich verwahrlosten Haus wollen wir ein Kino besuchen. Ich verlasse den Rollstuhl und komme die steile Treppe ohne Schmerzen und ohne Schnaufen hinauf. Es ist ein Fitnessstudio, manche machen Übungen; viel Dreck, Spinnweben,

Wollmäuse. G. in seinem Rollstuhl und ich in meinem Rollstuhl reden nicht miteinander, wir sind zerstritten. Auf der Rückfahrt warten G. und ich in einer offenen Hütte den Regen ab. Ich sitze im Rollstuhl wie auf einem Klostuhl, herabgelassene Hosen. Es kommt aber nichts. Unser Weg führt an einem Weiher entlang. Eine Brücke wird repariert und ist nur ein wackliges, dazu nasses Brett. Ich verlasse den Rollstuhl und komme, während mich der Handwerker fest an der Hand hält, gut über das Brett. Auch das nächste Hindernis meistere ich: Ich soll im Rollstuhl über ein auf dem Boden liegendes Bett fahren und über den Buchhändler A., der im Bett liegt und mich dazu ermuntert, über die Brust. Im Bettzeug und auf der Brust von A. sind die schmutzigen Streifen zu sehen, die mit ihrem Rollstuhl die Kommilitonin gezogen hat. Ich hebe die Vorderräder leicht an und rolle mich über A. und das Bett. Es geht leicht. Dann Krämpfe in beiden Füßen.

Eine Wanderung war ausgemacht. Neun Stunden, sechs mindestens, forderte die Mutter. Sie war groß, schlank, rötliche Haare, und sie trug einen weißen Hosenanzug. Ich wollte den Sohn, etwa acht Jahre, nicht überfordern und plante zu Mittag ein Treffen mit den anderen am Bahnhof Basel. Es war weder heiß noch kalt, wir liefen an Wiesen entlang und an einem Wald. Plötzlich ein Feld mit Lavendel, kornhohem. Schon braun abgeblüht, die langen Ährenstängel schräg vom Wind und vom Alter. Der Junge hatte noch nie Lavendel gesehen und gerochen. Er warf sich in die Ähren. Wir pflückten Sträuße, um den Duft mitzubringen, hatten aber Schwierigkeiten, Halme zu finden, die länger als ein Bleistift waren. Den Vater, den Freund, den Sohn ließ ich an einem Wirtstisch hinter dem Bahnhof Basel sitzen, um auf dem belebten Bahnhofsvorplatz die Mutter zu suchen. Ich fand sie. Wir vereinbarten, dass sie hier sitzen bleiben möge, damit ich die anderen holen könnte, damit wir vereinbaren könnten, wie es weiter gehe: essen hier, ein Picknick besorgen, weiterwandern? In den Katakomben des Bahnhofs Basel verlief ich mich heillos. Die Hinterplätze des Bahnhofs waren sehr schmutzig und orientalisch. Der Freund sagte mir, der Weg sei einfach, ich müsse, trete ich aus dem Tunnel heraus, da, wo es hell wird und rechts der kleine jüdische Friedhof liegt, nach links abbiegen. Nach mehrerem Irren durch das Labyrinth fand ich die kleine lustige Gesellschaft am Biergartentisch. Die Mutter hatte gegessen und war gegangen. Auf dem Rückweg zum Bahnhofsvorplatz geriet ich wieder vom Weg, über verfallene, leere Elendsgassen zu einer Teerstraße, die scharf einen Hügel hinauf führte. Ich stieg bergan, an leeren, ehemals prächtigen Baslerhäusern vorbei. Die Straße endete in einem Pfad an der steilen Kante des Hügels. Es war nun dunkel, kei-

Als ich neulich mit unsichtbaren Siebenmeilenstiefeln über den Schachfeld wanderte

ne Laternen mehr, ich musste kriechen und konnte den Weg verfehlen und von der Kante des Hügels herunter stürzen. Ich traute mir nicht zu, das Abenteuer mit meiner Behinderung zu schaffen, und kehrte um.

Nun beginnt es doch zu regnen. Ich will mich um die Wäsche kümmern, die oben auf dem Balkon vor der Küche im Freien hängt. Ich laufe mit Mühe, vor Anstrengung krumm, die Treppe hinauf. Aber ich komme nicht durch das Loch in der Wand zur Küche. Schon den Kopf bringe ich kaum durch das Loch. Gestern noch bin ich leicht durch das Loch gekommen. Es ist blöd, dass wir statt einer Tür dieses halbhohe Loch in der Wand zur Küche haben. Aus statischen Gründen heißt es. Ich bin von gestern auf heute fürchterlich dick und unbeweglich geworden. Der Regen wird nun stärker. Ich kann nicht schnell die Treppe hinunter und s. Bescheid sagen. Ich sitze vor dem Loch und schnaufe hektisch. Meine Rufe hört s. nicht. Der Regen bildet nun dicke Tropfen, die immer rascher platzen. Naja, die Wäsche war vorher auch schon nass, und sie wird auch wieder trocknen.

Es ist meine allerletzte Sitzung. Sie geht über Günter Eich. Ich trödle durch die Uni. Sie ist mir unbekannt: weite, aber niedrige Hallen mit viel Platz, Grün und Licht. Ich wundere mich kaum über mich, aber es ist so, und das ist mir noch nie passiert: Ich werde mindestens eine halbe Stunde zu spät kommen. Ich gehe durch die

Empfangshallen, schaue mich um, habe eine Plastiktüte in der Hand. Ich weiß noch nicht einmal, welches Gedicht von Günter Eich ich behandeln soll. Wahrscheinlich dies berühmte Ding, dessen Namen mir nicht einfällt. Ich habe mich nicht eine Minute vorbereitet und auch keine Unterlagen dabei. Ich hätte Kopien mitbringen und verteilen sollen, damit sie den Text, den sie ja sicher nicht gelesen haben, vor Augen haben. Es ist sommerlich, ich laufe in leichten Sachen durch die Hallen. Im Seminarraum, der wie ein bestuhlter Vortrags- und Empfangsraum ist, sitzen tatsächlich noch einige und murren nicht. Ich humpele und schleife. Ich rutsche aus dem Pantoffel, und mein Stumpf wird sichtbar. Also, schaut ruhig her, nun ist es offenbar. Wenn das keine Entschuldigung ist.

Etwas missmutig und angestrengt. Aber 360 km auf dem Rennrad gefahren, auf dem ich im blau-schwarzen Dress etwas fettig sitze. Aber immerhin: So viel bin ich noch nie an einem Tag gefahren.

Mit meinen Eltern bin ich das ganze lange Frühlingstal von Freiburg her gelaufen bis an den Fuß des Schwarzwaldes. Mein Vater hat den Rucksack getragen. Meine Eltern wandern zurück, ich zweifle, dass ich vor Einbruch der Nacht den mühsam steilen Weg über den Schwarzwald bis nach Konstanz schaffe, und erkundige mich nach Bussen. Nach Konstanz fährt keiner, auch nicht nach Donaueschingen. Doch einer fährt nach Freudenstadt, von da aus, denke ich, finde ich eine Zugverbindung, so dass ich nach Engen, Singen und dann Konstanz gelangen kann. Ein paar trödelnde und sich schubsende Schulbuben, die auch auf den Bus nach Freudenstadt warten, zeigen mir die Haltestelle, die ein Stück bergauf steht. Es fährt bald ein Bus. Aber mein Schwerbehindertenausweis ist im Rucksack, den mir geben zu lassen ich vergessen habe. Ich renne schnell den Berg hinunter zur Landstraße nach Freiburg, glaube aber nicht, dass ich meinen Vater noch sehen und einholen und rechtzeitig zum Bus wieder zurück laufen könnte.

Nur raus aus dem Symposion in mehreren Sälen, wo, als ich sagte, dass man, wenn man nach dem Sinn von Zeichen frage, auf eine Macht ziele, die hinter den Zeichen stehe, die ersten aufstanden und stumm gingen. Als ich die These wiederholte, standen alle auf, die ich, weil ich das Graduiertenkolleg einmal betreut hatte, kannte, und verließen die Säle. Raus und hinauf. Wahrscheinlich, vermutete ich, war ich nicht über die neuen Theorien informiert. Ich lief an obstüberwachsenen alten Mauern entlang die Gassen immer weiter hinauf und betrat die hohen schmalen Mietshäuser, die auf dem schmalen Grad zwischen Nürnberg und dem anderen Land standen. In den obersten Stockwerken konnte ich von Haus zu Haus laufen und immer wieder hinunter

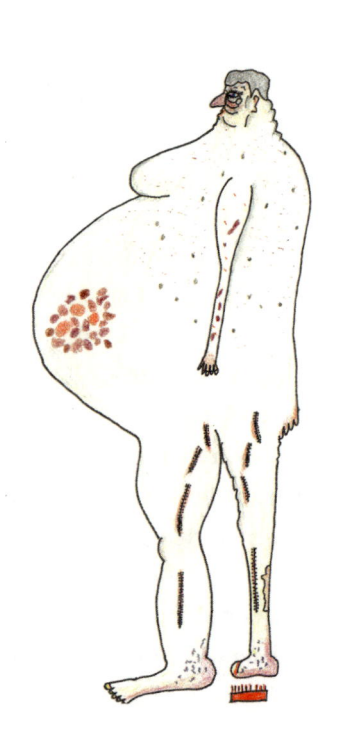

schauen, nach rechts in das Nürnberger Tal, nach links in das Tal des anderen Landes. Die Täler glichen sich. Im Nürnberger Tal sah ich keine Burg; es waren beidseits nur mit kleinen Häusern bebaute Straßenwindungen zu sehen. In den Flurknicken zwischen den Mietshäusern, die ich durchlief, standen Körbe, Säcke voller Kirschen, Trauben, Äpfeln – oder sie lagen einfach aufgehäuft da. Ich stopfte mir den Mund voll. Ob es verboten war, wusste ich nicht. Dann verließ ich die Häuser und lief weiter auf dem scharfen Grat, auf kaum gespurten Graspfaden, ohne Furcht zu stürzen, abzurutschen, und war mir sicher, wohlbehalten das Tal im anderen Land zu erreichen, von dem ich mir nicht vorstellen konnte, dass es nicht auch zu Franken gehörte.

Wieder ein Tag mit so vielen Aufgaben, dass ich nicht weiß, ob ich sie schaffen werde: Migros, Post, Zahnarzt. Ich fahre mit dem Rad, langsam; aber es geht. Im Park trifft mich ein harter kleiner Gummiball am Daumen. Ich stürze. Vater und Sohn, die eifrig ins laute Spiel versunken sind, interessiert das nicht weiter. Sie lachen freundlich. Ich möchte sagen: Auch das noch, mein Leben ist beschwerlich genug. Sie hören nicht hin. Von meiner Brille hat sich ein Bügel gelöst. Weil ich nur noch unklar sehe, weil der Daumen mir schmerzt, außerdem habe ich eine Beule am Kopf, schiebe ich das Rad zur Migros. Dort will ich meine Zeitungen holen. Seit dem

Unfall im Park wurstele ich Sachen in meinen Armen, Händen, die sich offenbar nicht in den Rucksack stopfen lassen. Zu meinem Verdruss, zu meiner Wut fallen sie dauernd zu Boden: Unterwäsche, ein Pullover, meine Hosenträger. Als eine Frau die Hosenträger sieht, sagt sie: Da war wohl einer wandern. Das kränkt mich; als ob ich noch wandern könnte. Die Postfächer sind nun woanders; der ganze Gebäudekomplex kommt mir unbekannt vor, eine verwinkelte Baustelle. Der *Spiegel* ist völlig neu gestaltet: Er ist kein Heft mehr, sondern eine übergroße lose gefaltete Zeitung, schwarz-weiß, gleich auf der zweiten Seite eine große nackte Frau. Ich bin empört und schmeiße diesen *Spiegel* auf den Boden, so dass er zerflattert. Ich will ihn verschenken, niemand will ihn haben. Ich werde ihn sofort kündigen. Ich frage nach einem Aufzug. Ich will hier raus. Ein junger Mann macht eine vage Geste. Ich folge ihm. Aber es ist eine Treppe, die in den Keller führt. Ich protestiere. Ich schreie, wo der Aufzug sei. Der junge Mann redet mit einem anderen und hört mich nicht. Aber alle haben doch gehört, dass ich einen Aufzug brauche. Muss ich denn schon wieder erklären, dass mir ein halber Fuß fehlt, meine Beine vernarbt sind, dass ich nur noch ein Viertel meiner Lungenkraft habe. Bevor ich zu erklären beginne, haben sie schon weitergeredet, ohne den Kopf nach mir zu drehen. Ich finde einen Aufzug und lande falsch, in der obersten Etage. Doch gibt es einen Aufzug hinunter, zu dem ich humpele. Der Aufzug ist aber besetzt. Ein großes, schlangenähnliches gelbes Tier liegt darin. Es ist schwach und müde. Die Wärter lachen.

Wir wandern fidel durchs Ruhrgebiet. Teils an autorauschenden Schnellstraßen entlang; teils durch leicht gewellte Wälder. Es geht mir gut. Zum Schluss wird ein kleiner Wettkampf angeboten. Da mache ich mit, klar. Die Aufgabe ist, so schnell es geht durch einen hohlen Kastanienbaum nach oben zu klettern. Das kann ich nicht. Wenn es hinauf gehen soll, bin ich nach einem halben Meter platt. Ich sage ab.

In Italien. Ein Kongress. Die andern machen einen Ausflug. Ich habe kein richtiges Zimmer bekommen, nur so eine Art Vorhangverschlag. Die Dusche soll im Saal sein. Ich ziehe mich vollständig an und humpele zu einer Dusche, aus der kein Wasser kommt, nicht einmal tropft. Ich zerre mir die Stützstrümpfe wieder hoch und humple zur nächsten Dusche. Auch sie ist nur eine nackte Düse unter der Decke; kein Vorhang. Ihr Wasser kommt mit einem scharfen Strahl und trifft jemanden genau aufs Auge. Nackt kann ich mich in dem Saal nicht zeigen. Also zerre und ziehe ich die Stützstrümpfe wieder hoch und kleide mich vollständig an, um die nächste Dusche zu suchen. Oder soll ich es einfach lassen? Stinke ich? Bin ich irgendwo dreckig? Durch das Fenster sehe ich, wie die anderen lachend und jauchzend über helle Felsbrocken von einem hohen Berg hinab, springen, trittsicher fliegen sie von Stein zu Stein.

Als ich in der Nacht unter der Küchenlampe meine Tagebücher aufschlage, enthalten sie keine Schrift, nur Bilder. Bunte Flächen fließen von Seite zu Seite. Schwach eingeritzte Figurationen. Das ist schön, das ist wirklich schön. Ich blättere von Buch zu Buch, und die Bilder werden immer schöner. Nun habe ich lauter Chagalls.

III   Als ob ich noch wandern könnte

Er wurde im Rollstuhl entlassen. Einige Tage später schlug er sich seinen Stumpf in dem für den Rollstuhl zu engen Flur der Wohnung an. Es blutete durch den dicken Verband. Das Rote Kreuz musste ihn durch das Treppenhaus tragen und ins Klinikum fahren. Das war anstrengend, und es war heiß. Die junge Frau schwitzte deutlich. Der ältere Mann riet: Du solltest dich leichter anziehen. Die junge Frau antwortete, dass das nicht ginge, denn dann sähe ja jeder alles. Mir wären da die Augen nicht ausgefallen, gab der Ältere zurück, so was habe ich schon öfter gesehen. Wieder war es ihm peinlich. Es lief glimpflich ab: Die Blutung war nur oberflächlich gewesen, die Narbe hatte gehalten. Obwohl er keine Furcht mehr vor Krankenhäusern hatte, war er doch froh, nach

Hause zurück gebracht zu werden. Nur war er so schwer und dick geworden. Die junge Frau schwitzte sehr.

Vom See, von den Bergen, von den Schiffen, von seinen Radwegen hatte er nun nichts mehr. Er sah sie nicht einmal. Er saß im Rollstuhl am Fenster und schaute in die Kastanien, in denen wie jedes Jahr die Elstern und Krähen um die besten Nestplätze stritten. Zum ersten Mal sah er, wenn er so lange am Fenster saß, wenn er die langsamen Stadtbusse an- und abbrummen hörte, was er noch nie gesehen hatte: die Stämme der Kastanien hinauf und kopfüber hinab hüpfende kleine Vögel, die er mit dem Laptop auf den Knien zu identifizieren versuchte. Waren es Kleiber, waren es Baumläufer? Aus einem anderen Fenster konnte er in den Himmel schauen, durch den schräge Möwen, gemächliche Reiher, flattrige Kormorane flogen, selten Schwäne mit singenden Flügeln. Und wenn sie in ihre Nachtquartiere geflogen waren, kamen die rosigen Flugzeugfürze. Früher hatte er, wenn er sich ganz weit aus einem Fenster beugte, einen Schnitz vom Rhein sehen können und die Hügel, die er in der Schweiz hinauf geradelt war. Nun konnte er sich nicht mehr kühn aus dem Fenster beugen. Der im Wundschuh dick mit Watte gepolsterte Fußstumpf hätte zu sehr geschmerzt, die Narbe hätte wieder aufbrechen können. Außerdem hatte er kein Gleichgewicht mehr.

Sie hielt bei ihm aus, so lange es ihr vorgezogener Jahresurlaub erlaubte. Da er allein im Rollstuhl in der engen Wohnung nicht bleiben, sich nicht versorgen konnte, wurde er in ihrem Auto in ihre große Stadt gebracht. Ein Sitz wurde aus dem Auto ausgebaut; er saß in Kissen hinten und legte sein Wundbein auf Decken hoch.

Täglich kam eine Wundpflegerin. Sie waren stets pünktlich, parkten, weil es nicht anders ging, verboten und rannten die Treppe herauf, weil das schneller ging, als den Aufzug zu nehmen. Sie hatte, bevor sie zur Arbeit gegangen war, ihm den Beutel mit den Materialien bereitgelegt, er verteilte Schere, Sterilbinden, Pflaster, Leukoplast, Mull, den Desinfektionsspray um sich auf dem Bett und ein Plastiktütchen für den Verbandsmüll, alles verfügbar für ein paar schnelle Handgriffe. Kaum lag er auf dem Bett, die wunden Beine freigemacht, kaum hatte er, um nicht einzuschlafen, die ihm von ihr aus dem Briefkasten geholte Zeitung vom gestrigen Tag, die ihm vom See nachgeschickt wurde, zu lesen begonnen, waren sie schon da. Nie atemlos von der Treppe. Am Gürtelband einen dicken Bund von Schlüsseln; auch einen zu ihrer Wohnung. Und wieder weggesprungen, kaum dass ihm gelungen war, sie zu fragen, ob sie täglich aus Neuss oder Mönchengladbach herfuhren und wieder zurück nach Hückeswagen oder Düren. Schon die Treppe wieder hinunter gesprungen, weil der Aufzug zu langsam war, um zu verhindern, dass wegen ihres im Verbot abgestellten Kleinwagens das Hupen und Schreien beginnen würde, das sich nur, weil der Winzling mit *Pflegedienst Lina* beschriftet war, verzögerte.

Es galt nun, sich die bequeme Schnabeltasse und die Urinflasche neben dem Bett abzugewöhnen. Er musste sich zwingen, sich in der Nacht, was jetzt viel zu oft nötig geworden war, vom Bett in den Rollstuhl zu wuchten und vom Rollstuhl aufs Klo. Raus aus dem Rollstuhl, hatte der Arzt gesagt, auch wenn Sie sich quälen müssen. Seine Muskeln waren fort; selbst auf drei Kissen im Rollstuhl drückten die Beckenknochen. Im Krankenhaus hatte er großzügig üben können; in der Wohnung verkratzte er trotz penibler Steuermanöver die Zargen der engen Türen mit den Schwungreifen seines Rollstuhls, was nicht ihr, aber ihm ein schlechtes Gewissen machte, so dass er versicherte, dass er, könne er dereinst wieder laufen, sich bücken, die Schleifspuren überpinseln werde.

Er war trotz der Sitzbeschwerden nicht ungern im Rollstuhl. Es war bequem; die Morphine hielten die Schmerzen im Stumpf und an den Bypassnarben in Schach. Er wurde immer geschickter, selbst durch die Türen kam er manchmal ohne Schrammen. Hatte sie ihm die Dinge zurechtgelegt, fuhr er im Rollstuhl um den Küchentisch, sofern nicht wieder die Stühle kreuz und quer und ihm im Rollweg standen, so dass er sie unter den Tisch rücken musste, was ihm besser gelang, seitdem er mit Hanteln und dem roten Gummiband seine Arme stärkte. Er kochte. Aber nicht immer war, was er dafür brauchte, rechtzeitig zu planen und ihm von ihr in seine Armreichweite zu stellen. An der Gemüsesuppe fehlte noch Paprikapulver. Das Paprikapulver stand auf dem Gewürzbord. Das Gewürzbord war zu hoch für ihn, auch wenn er den Rollstuhl fixierte und sich auf den ganzen Fuß zu stellen versuchte. So sehr er sich reckte, er erreichte das Tütchen mit echtem Paprika, das ihnen einmal aus Ungarn mitgebracht worden war, nur mit zwei Fingerkuppen, um es herabfallen zu lassen und mit der anderen Hand aufzufangen. Es war aber schon länger her, dass ihnen das Tütchen geschenkt worden war; außerdem benutzte sie keinen Paprika. Der Boden des morschen Tütchens riss. Wie feiner Saharasand schneite das verblasste Paprika über ihn, auf ihn und zu Boden, den er, weil er sich nicht bücken konnte oder, wenn er sich bücken wollte, sofort ins Japsen geriet, nicht reinigen konnte. Die geringe Höhe des Rollstuhls verschaffte ihm ein neues Selbstbild, denn er sah sich nun in Augenhöhe mit den Stahltöpfen, in denen sein Gesicht rund wurde und er eine rote Knollennase und Quellaugen bekam, wie er es aber schon kannte aus dem Krankenhaus, wo er per Du mit blitzblanken Wasserhähnen gesessen hatte. Wie er im Krankenhaus im Badspiegel nur

Scheitel und seine Stirn sehen konnte, so konnte er, hatte er das Gemüse geputzt, nicht sehen, dass an der ihm zugewandten Seite der Spüle, die er gereinigt zu haben meinte, noch Möhren-, Zwiebel- und Kartoffelschalen, Petersilienstängel, Lauch, Teeblätter klebten und langsam antrockneten, so dass sie, als sie kam, sie nach dem Essen fortschrubben musste. Besonders hilflos war er, wenn wieder etwas zu Boden fiel. Sofort holte ihn der Schrecken des Krankenbettes ein, als die Welt sein abgeschlagener Beistelltisch gewesen war und der Boden so weit entfernt wie der Mond. Und immer fiel etwas.

Er saß im Rollstuhl und sah im mächtigen Bürogebäude gegenüber eine Firma einziehen. Zwei junge Männer und eine junge Frau saßen im Halbprofil vor ihren Bildschirmen. Die junge Frau war zierlich und hatte schwarze Haare und ein weißes Gesicht wie Michael Jackson. So nannte er sie. Sie kam um neun Uhr, setzte sich an ihren Computer, trank gelegentlich aus einer Thermoskanne und verließ das Büro, wenn es dunkel wurde. Selten stand sie auf und ging in das anliegende große Zimmer, in dem nur ein Mann arbeitete, der immer schon vor den anderen und noch lange nach ihnen anwesend war; manchmal die ganze Nacht. Wenn sie das Büro verließ, konnte er sie über den Hof gehen sehen, wenn er sich etwas aus dem Rollstuhl erhob. Sie war zierlich und stellte beim Gehen die Füße leicht auswärts. Er dachte sich, dass sie vielleicht verschwitzt sei. Er war nie mehr verschwitzt. Die Anstrengungen wurden ihm viel zu groß, bevor er hätte schwitzen können. Dann kamen immer mehr junge Männer; neue Schreibtische wurden gebracht. Michaela Jackson saß nun neben und gegenüber einem männlichen Bildschirm. Ab und zu tauschten sie sich aus. Er war nun, bevor sie kam, schon hinter dem Rollo in seinem Rollstuhl und verließ seinen Platz erst, wenn sie gegangen war. Dann blieb sie aus. Krank, hoffte er. Aber sie kam nie mehr wieder. Und plötzlich kam überhaupt niemand mehr, weder die vielen jungen Männer noch der, der in seinem Saalbüro allein gesessen hatte. Dafür kamen die Maler und strichen die Fenster von außen und innen, die Räume. Er konnte sie bald unterscheiden und wusste, wer wann aus dem Fenster rauchte und seine Kippe in einer Blechdose ausdrückte. Und nun bezogen zwei Männer die Räume hinter den frisch gestrichenen und dann geputzten, den großen Fenstern. Jeder Mann für sich in seinem saalartigen Büro, vor noch größeren Bildschirmen. Und da sitzen sie noch. Aber jetzt sitzt er nicht mehr im Rollstuhl.

Nun aber genug, schalt der Arzt, raus aus dem Rollstuhl und an die Unterarmgehstützen. Die Beine, der dick wattierte Stumpf taten aber so weh. Er zwang sich, wenn sie nicht da war, auf den Krücken einmal um den Küchentisch zu gehen. Zweimal um den Küchentisch.

Aus der Küche ins Bad. Aus der Küche ins Bad und ins Wohnzimmer. Das zweimal. Dann dreimal. Weiter, weiter, sagte er sich, noch eine Runde, bevor er, seinen muskellosen Po an der Spüle abruhend, doch wieder im Rollstuhl saß. Sie müssen, wollen Sie leben, wieder zu Kräften kommen, hatte der Arzt gemahnt. Am Leben zu bleiben, war Mühe und Qual. Auf dem Bett fuhr er Rad in der Luft, hob seine Beine abwechselnd. Er machte Übungen zur Stärkung der Atemhilfsmuskulatur, die man ihm gezeigt hatte: Schraube links, Schraube rechts, Seite links, Seite rechts, Bauch, am besten mit einem Packen Bücher darauf, doch für ihn war noch ein Packen Zeitungen zu schwer. Saß er endlich wieder im Rollstuhl, fuhr er an ihr vorbei, die ihre Hand ausstreckte, so dass er sie fassen konnte. Sie war warm und weich. Wachte er in der Nacht auf, griff er sich an die Nase, die immer blutig war. Aus den Stirnnebenhöhlen stank es wie Jauche.

Es war anders gekommen, als er im Krankenhaus gedacht hatte: Er hatte sich gedacht, ein halber abgeschnittener Fuß sei nicht die Welt, keine Welt, durch die er nicht wandernd und Rad fahrend sich erschöpfen und belustigen könne. Ein ehemaliger Arzt, der sich als sein Freund ausgab und ihn im Krankenhaus besuchte, mahnte, man müsse sich, sei man in einem Zustand wie er, genau überlegen, ob sich das Leben unter diesen Umständen noch lohne. Das hatte er nicht eingesehen:

Sollte er sich im Krankenhaus umbringen? So schlimm war das doch alles nicht. Und erst an Krücken merkte er, wie schwach und ohne Atem er war. Der Kreislauf würde weiter verfallen; die neue Mobilität stellte sich nicht ein. Keine Chance, mit Krücken bis ins nahe Klinikum zu kommen, das er aus seinem Fenster sehen konnte. Sie mussten seinen Rollstuhl nehmen. Sie schob, er arbeitete mit all seinen Kräften an den Schwungrädern mit. Aber die Bürgersteige waren voller hoch stehender Platten, Löcher, sie waren, was ihnen zuvor nie aufgefallen war, schief, so dass der Rollstuhl in schräger Fahrt unbeherrschbar hinrollte, wo sie es nicht wollten, aber nicht verhindern konnten. Es war eine Erlösung, als sie die glatten Flure des Klinikums erreicht hatten. Den Weg zurück wollten sie mit der Stadtbahn fahren. Die Stufen in die Stadtbahn waren zu hoch, die Türbereiche von Kinderwagen und Fahrrädern zugestellt, niemand war unfreundlich, niemand half, alle schauten her. Sie riefen ein Taxi. Vor Jahren einmal hatte er ihr versprochen, dass, wenn ihre Knie schlechter würden, er sie auf einem chinesischen Rad kutschieren werde, auf dem vorne ein Sessel befestigt sei. Nun schob sie ihn.

Er schaffte es mit den Krücken auf die Terrasse. Hier gab es keine Kastanien; Tauben in der Luft und am Abend auf den Schornsteinen. Im Hof spielten die Kinder und brüllten. Im Ausschnitt des fernen Garagendurchgangs sah er halbe Menschen eilen, gehen, stehen bleiben, mal mit Regenschirm, mal ohne. Er pflückte Kräuter aus ihren Kästen auf der Terrasse. Er kochte nun stehend, solange es ging, oder er kreiselte, sich mit den Füßen abstoßend oder an der Tischkante ziehend, auf einem Frisörstuhl, den sie ihm besorgt hatte, um den Küchentisch. Fiel etwas, musste er mit einer Krücke zu angeln versuchen. Am gemeinsten waren Paprikakörnchen; sie sprangen munter umher und schnell zu Boden und ließen sich mit der Krücke nicht aufpicken, mit der Fingerspitze konnte er sie nicht erreichen. Er wollte sie aufkehren. Vom Frisörstuhl aus war es viel zu hoch. Er japste sofort. Vom Rollstuhl aus keuchte er erst nach zwei Bückversuchen. Am leichtesten, dachte er sich aus, wäre doch, sich auf den Boden zu setzen und im Kreis um sich herum zu kehren. Aber dazu musste er erst mal auf den Boden kommen und dann wieder vom Boden aufstehen können. Er begann die vermaledeite Schwerkraft und das Bücken und das Sich-Erhebenmüssen zu hassen. Zog sich aber in den Rollstuhl nur zurück, wenn sie ihn nicht sehen konnte. Um sich Wege zu ersparen, hatte er sich angewöhnt, vom Rollstuhl aus oder an den Krücken stehend, Dinge zu werfen. Eine Blutorangenschale in den Müll, einen Prospekt aus der Zeitung auf den Stuhl, einen Lappen ins Spülbecken. Eine Rechnung auf den Sessel, auf dem er das später in schwarze Ausziehmappen einzuordnende Schriftgut sammelte, das bevorzugt aus Rechnungen und Abrechnungen bestand. Anfangs hatte er gedacht, er könne seine Wurfgenauigkeit perfektionieren. Doch die Zielsicherheit stagnierte. Die missratenen Wurfversuche zwangen ihn zu Gängen auf dem wehen Fuß.

Noch schmerzte jeder Schritt im Watteschuh, und er legte sich einen Laufzettel an, um überflüssige Schritte zu vermeiden, da er, wenn er merkte, er müsse noch schnell an diesen Schrank, diese Schublade, in die Besenkammer, in Angst vor der Erschöpfung sich sofort in den Rollstuhl sinken ließ. Der Laufzettel koordinierte und kombinierte alle Gänge. Erst die Dosen und Tuben in der Küche in eine Plastiktüte sammeln, die er an den Griff der Krücke hängen konnte, dann im Bad die leere Zahnpastatube hinein, dann im Schlafzimmer die nicht weiter auspressbare Schrundensalbe dazu, dann in die Besenkammer zum gelben Sack. Ebenso verfuhr er mit dem Altpapier. Sein Laufzettel und Marschbefehl konnte aber nicht verhindern, dass schon wieder etwas gefallen war. Glatte Prospekte vom Stuhl mit den Zeitungen. Leichte Fruchtzwerge-Döschen vom Tisch, halb ausgelöffelt, weil er sich ungeschickt nach den Prospekten hatte bücken wollen. Einmal versuchte er sogar zu duschen. Den Badestuhl konnte er in die Dusche schubsen. Doch heraus würde der Krüppel, der Schwerbehinderte, nicht kommen ohne seine Krücken. Die Badeschuhe, die sie ihm besorgt hatte und die ihn an Kinder erinnerten, die über die Kiesel am See gehickelt waren, dämpften den Auftrittsschmerz nicht. Er war nun ein ungepflegter Elefantenmensch auf Unterarmgehstützen.

Es war wieder so weit: Reha. Er musste seinen Watteschuh gegen Turnschuhe tauschen; und hatte das Provisorium eines orthopädischen Schuhs bekommen, einen schwarzen Klumpfuß ohne Kuppe, alle sahen, wie es mit ihm bestellt war. Aber er stank wenigstens nicht nach Schwefel. Unter denen, die die Reha machten, war er der einzige, dem etwas fehlte. Alle anderen waren innere Kranke. Selbst die, die wie er an Krücken liefen, taten dies schon am Ende der Reha nicht mehr.

Auch hier ging es um Leben und Tod; und wer schneller war, konnte dem Tod entkommen. Gegen die Männer hatte er keine Chance. Sie traten länger und schneller das Ergorad, zogen öfter und mehr Kilos, stemmten die Arm- und die Bein-Trainer rascher und ausdauernder. Eine Chance hatte er nur gegenüber der dicken Italienerin, die sich lustlos bewegte und verweigerte. Wenn er zu stark in das Ergorad trat, weil er eine Chance haben wollte, sprang die Anzeige des Pulsmessers von 127 auf 194 und zurück auf 52. Sein Lungenhecheln sprengte alle Pulsmesser.

Mit dem Taxi hin und zurück. Das übliche Programm zur Konditionsstärkung; Fango; Schwachstrom; Lymphdrainage; für eine Warmwassertherapie sei er zu schwach. Das Wichtigste war, ihm ein neues Gleichgewicht beizubringen, die verlorene Balancearbeit der Ballen und Zehen im rechten Fuß wettzumachen. Er musste wieder gehen lernen, ohne Krücken über dünne Matten, dann dickere, auf denen er schwankte. Über langsam sich erhöhende Kästen. Im Parcours zwischen roten Hütchen zu laufen. Über Kiesel zu gehen. Auf dem wackligen Balancebrett einige Sekunden lang freihändig zu stehen. Vor der elektronischen Kegelspielsimulation eine virtuelle Kegelkugel zu werfen, ohne vornüber zu kippen in die Arme der Physiotherapeutin, die, als er immer wieder kippte, aufhörte, noch einmal »aber nicht so stürmisch!« zu sagen. Die Physiotherapeutin, die ihn aufgefangen hatte, fragte ihn, woher er komme. Er fragte zurück. Sie kam aus Nippes. Er vom Bodensee. Vom Bodensee, rief die Physiotherapeutin. Da habe sie einmal einen Mountainbike-Erlebnisurlaub gemacht. Da sei es super schön; da komme er her? Da wolle sie wieder hin. Und warum sei er dann ausgerechnet hier? Sie gab sich große Mühe, und er traute sich, ein paar Treppenstufen hinauf zu gehen und, was schwieriger war, wieder hinunter zu gehen, wobei er seinen ganzen Körper verdrehte.

Wenn er die Reha-Klinik verließ, tauschte er den samtschwarzen Betonklumpfuß gegen einen Sportschuh, in den er mehrere Lagen von Gelsohlen gelegt hatte, wie

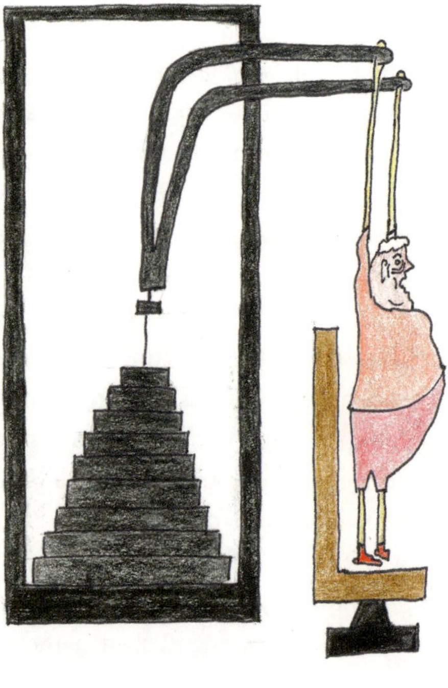

sie Bergsteiger mit überkörpergroßem Gepäck benötigen. Die Sohlen hatte sie ihm in einem Sport-Spezialgeschäft besorgt. Den Rückweg bezwang er mit Krücken, ohne Taxi. Er musste oft stehen bleiben und absitzen. Gegen die Schmerzen im Fuß ließen sich die Zähne zusammenbeißen; gegen die Atemnot nicht. Er hatte einen merkwürdigen, wie trunkenen Gang. Guck, sagte ein niedliches Mädchen in Pink, der alte Opa. Er mied aber belebte Straßen nicht, denn wenn er sich, auf seine Krücken gestützt, umsah, gab es so viele, die humpelten, und viele, die stehen bleiben mussten, an Krücken gingen, so viele Krebsler und Kraucher, Fußschleifer, Torkler, Querwandler, Hinfaller, Flusspferdgänger am Handlauf. Er hatte sie früher übersehen. Früher hatte er auch nicht bemerkt, dass eine Straße leicht anstieg, was ihn nun zum Anhalten zwang. Aber auch nicht gemerkt, dass eine Straße leicht abfiel, worüber er sich aufatmend freute: Das Gefälle der Münzgasse hinunter zum Hafen machte ihm Lust wie einst vom Säntis herab. Gern saß er auf dem Mäuerchen um den Kinderspielplatz. Die Kinder tobten und fielen und weinten. Die Mütter liefen herbei und wieder zurück zur Bank, die überlagert war mit Gepäck, und redeten weiter über ihre Kinder. In den Pausen saßen Oberschüler mit Stimmbruch auf den Geländestangen und stopften die Abfallkörbe mit Pizzaschachteln zu. Eine schöne junge Mutter nahm das ihr aus dem dreirädrigen Kinderwagen entgegengestreckte nackte Füßchen ihres Babys in den Mund und schmatzte.

Er schaffte nur wenige Wege. Ging einkaufen. Ging mit ihr in ein Restaurant, vor dem er auf sie wartete, die Krücken neben sich gelegt. Der vor der Tür stehende rauchende Kellner sah ihn scheel an; war jedoch zuvorkommend, als er sich als Gast herausstellte, und versorgte seine Krücken behutsam. Er hatte online Karten für die Philharmonie bestellt. Sie bewältigten den Weg mit der Stadtbahn und durch die krumme Baustelle vor der Philharmonie. Er hatte gute Karten bekommen, nah dem Orchester. Doch zu ihren Plätzen hätte er eine längere Treppe mit seinen Krücken hinabklettern müssen und danach wieder hinauf. Er fragte die Beschließerin, ob er nicht oben sich setzen könne in eine der Reihen, die alle leer waren. Das war nicht möglich. Sie sagte: Setz dich doch einfach. Die Beschließerin duldete es nicht. Und er duldete nicht, dass sie seinetwegen auf das Konzert verzichtete. Er bestand darauf, im Trotz alleine nach Hause zu krücken, und ließ sich Zeit dabei. Das Konzert sei sehr schön gewesen, sagte sie, und alle oberen Reihen seien unbesetzt geblieben.

Schlimm ist, dass sich Schmerzen nicht teilen lassen, sofern man kein schmerzverzerrtes Gesicht und keine offene Wunde hat und nicht schreit. Sie mussten sich beide ihre Schmerzen übersetzen und sich immer wieder im Kopf vorsagen, dass er, dass sie Schmerzen haben müsse, immer, und jetzt besonders. Bei Schmerzen und Krankheiten zählt immer nur das Eigene. Nie schmerzte ihm ein Knie, nicht der Rücken, von überwindbaren Hexenschüssen abgesehen, die Arthrose kam ein wenig und ging wieder. Sie konnte vor Arthrose nicht gehen, nicht Rad fahren, keine Schraubverschlüsse öffnen. Das konnte er. Er konnte noch weniger gehen, das Rad nicht einmal mehr schieben, dazu fehlten ihm Atem und Kraft.

Will er einschlafen oder kommt er aus Träumen, zuckt und krisselt es im Stumpf des Restfußes. Er ist also noch da. Wie klein, nackt und bloß er ist, wenn er den Nachtstrumpf ausgezogen hat, den er braucht, um die Bettdecke auf der Narbe zu ertragen. Er kann wieder duschen, erst auf dem Badestuhl, dann stehend, ein kleines Glück, mit einem fett gepolsterten Badeschuh, die Ellenbogen ausgestellt zur Sicherheit, falls er fiele. Dann sitzt er auf dem Badestuhl und muss lachen, weil er wieder vergessen hat, dass er nur an einem Fuß die Fußnägel zu schneiden braucht. Fußpilz und Fußnagelpilz haben sich halbiert. Atemnot macht erfinderisch: Er will, so viel es geht, im Sitzen tun. Dabei sitzt er mit seinem von Medikamenten und wegen seiner Bewegungsunfähigkeit schwer gewordenen, unförmigen Leib auf dem Bettrand, um sich anzuziehen, sitzt aber immer auf etwas, das er anziehen will: auf dem Unterhemd, der Unterhose, auf den Stützstrümpfen, so dass er sich wieder winden und recken, schließlich doch erheben muss. Beim Anziehen zu sitzen, ist ratsam; das hat ihn eine gebrochene Rippe gelehrt, nachdem er beim Einsteigen ins Hosenbein das Gleichgewicht verloren hatte. Sein Leibesrundling hat sich so verformt, dass keine Hose, auch nicht mit Gürtel, halten will. Sie rutschen alle über die Kimme hinab in die Knie. Er muss sich Hosenträger kaufen und das Geschirr, das er Kummet nennt, anlegen. Das Überstülpen, in Lagen Hochzerren, Glattstreifen der Gummistrümpfe lernt er. Und er lernt, nachdem er zwei Paar Kompressionsstrümpfe mit seit der Chemo rissigen Fingernägeln zerrissen hat, dabei Gummihandschuhe zu benutzen. Hat er es geschafft, fällt er keuchend aufs Bett zurück. Die Arme cremen, die vom Marcumar voller Blutergüsse sind. Gehen sie auf, braucht es Pflaster, um sich nicht alles einzusauen. Reißt er das Pflaster hastig ab, wie er es früher getan hatte, um den Schmerz zu übertölpeln, reißt er die Haut gleich mit ab bis aufs rohe Fleisch.

Da sitzt er und schaut sich um. Sein ganzes Zeug. Was einmal stolzer Zuwachs einer Vergangenheit gewesen ist, von der er gemeint hatte, sie dauere fast ewig, muss aufgelöst werden. Verzichten. Abschiednehmen. Das hat die Krankheit ihm eingebläut. Er sollte seine Bücher sortieren, möglichst viel ausmustern und in die Papiertonne kloppen in kleinen, schleppbaren Portionen, weil kein Antiquar mehr Bücher will, die nicht extrem bibliophil sind. Er sollte sich verabschieden von den vielen kleinen Dingen seiner und ihrer Lebensgeschichte, den vielteiligen, ererbten Geschirrservices, den Bildern, den Diakästen. Er sollte auf die wacklige Leiter steigen, seine Regale und Schränke entmisten. Er kann es nicht. Er geriete beim Hinauf- und Herabsteigen von der Leiter ins Japsen, er würde absitzen müssen und stöhnen. Über die Schwere jeder kleinen Verrichtung und darüber, was aus ihm geworden war. Ihm würde auf der Leiter der Hausschuh vom Stumpf rutschen, er verlöre das Gleichgewicht. Und immer würde etwas fallen. Bücher über ihn her. Ein Bild auf den Kopf. Eine chinesische Vase in Rot und Gold. Er kann es nicht; er kann sein Ende nicht vorbereiten, das Ende seiner, ihrer einmal gemeinsamen Wohnung. Er denkt: Du wirst dich nur mit fremder Hilfe los oder indem du einfach stirbst. Er weiß, dass das nicht nur für ihn gilt. So sitzt er da in den fünf Zimmern eines aufzulösenden Lebens. Und wenn das Telefon schellt, lässt er es klingeln; bevor er es erreicht hätte, würde er nur noch keuchen. Weil er nicht mehr wandern und radeln kann, fährt er viel mit dem Stadtbus, von dem aus er den Bismarckturm sieht, zu dem noch einmal hinauf zu steigen er sich nicht mehr vorstellen kann. Bärlauch sammelt er nicht mehr; er bestellt ihn online.

Im Haus wohnt ein kleines Mädchen, das jedes Mal erschrickt, wenn sie sich an der Haustür begegnen. Sie grüßt nicht, sie schaut nur auf die Schuhe des alten humpelnden Mannes, der allein lebt, weil ein Fuß fehlt. Es hilft nicht, dass er sie beim Namen nennt. Sie nimmt rasch Reißaus vor dem Monster. Anfangs nimmt er, wenn er das Haus verlässt, das Fahrrad mit, das er schiebt, um Halt zu haben, nicht torkeln zu müssen, und auch, weil die Leute dann nicht auf seine Schuhe schauen. Er steht immer im Weg und ist gehetzt und muss, wer ihn ein Stück begleiten möchte, fortschicken. Er hat eine Schmerzaura um sich, eine nicht mehr überwindbare Schreckhaftigkeit, die nur, solange er sie mit den Krücken markierte, respektiert wurde. Immer Angst, dass ihm jemand auf den Fuß tritt oder seinen Körper touchiert, der eine Wunde ist. Geht der fette Krüppel über den Bürgersteig, lehnt er sich, so schnell er es vermag, an eine Hauswand oder einen Ampelpfahl, in einen Hauseingang, wenn er ins Schwanken gerät oder fürchtet, ins Torkeln zu geraten, weil er, der lahme Langsame, verfolgt wird von einem heiteren Menschenknubbel, von raschen, sorglosen Zweifüßlern, die, schwatzend, telefonierend links überholen, rechts überholen. Manchmal hätte er dann gern seine Krücken und würde sie um sich kreisen lassen wie Sarazenenschwerter, wofür ihm allerdings die Kraft fehlen würde. Kann er die Gefahr, überrannt zu werden, absehen, quert er die Straße zum gegenüber liegenden, leereren Bürgersteig, was ihm, wartend, bis weder Auto noch Fahrrad kommen, die Gelegenheit gibt, wieder Atem zu schöpfen. Es tut ihm jedoch niemand etwas; keiner tritt ihm auf den Fuß; kein rasender Schüler reißt ihn um. Er ist ein Wrack, aber er wird nicht versenkt. Sie versuchen nur, wenn sie seine Langsamkeit bemerken, schnell vor ihm an die Kasse, in die Bäckerei zu schlüpfen, vor ihm einen Sitzplatz zu ergattern und einen zweiten, auf den sie ihre Tasche stellen. Als hätte er es, solange er noch fixer Vorteilnehmer gewesen war, anders gemacht. Viele bemerken nichts; sie haben nur Augen für ihr Smartphone. Die seinen Gang bemerken, schauen ihm auf die Schuhe und wissen nicht so recht. Dann schielen sie auf seine aufgeblasenen Backen und pumpenden Schultern, ohne aus ihm schlau zu werden.

Sitzt er im Bus und sieht, dass an der Haltestelle, an der er hätte aussteigen wollen, eine Schule aus hat, bleibt er sitzen, fährt bis zur Endstation und wieder zurück bis an seine Haltestelle auf der anderen Straßenseite, hoffend, dass dort keine Schule aus hat. Er käme sonst nicht aus dem Bus. Gegen die sich bekämpfenden Schülerinnen und Schüler hätte der Krüppel keine Chance. Ein einziges Mal hatte er eine Chance gehabt, als eine sozial bewusste schwarze Schülerin gerufen hatte: Lasst doch

Neulich, an der Haltestelle

den alten Mann raus, worauf alle lachten. Doch da war der Bus schon abgefahren. Als er an der Endstation in die Gegenrichtung wechselte, hatte sich eine chinesische Schülerin neben ihn gesetzt, die *Homo Faber* von Max Frisch in einem seniorengroßen Druck las. Hat er einen Bus oder die Bahn erklommen, sagt er sich: Jetzt bin ich drin, und: Ich bin wieder draußen, wenn er aus einem Bus oder einer Bahn steigt. Wie fast alle Alten und Wackligen hat er sich zum Gesetz gemacht, in Bussen und Bahnen nie vom Sitzplatz aufzustehen, bevor der Bus oder die Bahn nicht endgültig zum Stillstand gekommen ist, weil ihn sonst ein Rückschlag taumeln lassen und fällen könnte. Meist durchbricht er das Gesetz, weil, wer zu spät aufsteht, nicht mehr aus der Bahn oder dem Bus kommen könnte und bis zur Endstation fahren müsste. Seitdem er immobil ist, nützt er Busse und Bahnen, um durch die Stadt, die Städte aufs Land zu kommen. Dabei steigt er am liebsten an Endstationen ein, um den vordersten Platz beim Fahrer zu ergattern. Dann ist er's zufrieden, trauert seinen früheren Reisen nicht nach, immerhin war er noch mit Dampflokomotiven gereist, hatte seinen Kopf aus dem Fenster gestreckt in den flatternden Wind und Ruß in die Augen bekommen und Abortartiges um die Nase; sondern denkt an die, die ganz und gar immobil sind oder tot oder gerade sterben, die keine Erinnerung daran haben wollen, früher Leben mit Reisen gleichgesetzt zu haben. Dann freut er sich seines Lebens, wie ihm der Arzt geraten hat, freut sich, noch als Schwerbehinderter gratis mit einer Bus- oder Stadtbahnlinie von Anfang bis Ende und zurück fahren zu können. Er lernt Prolo- von Edellinien zu unterscheiden und liebt die Prololinien mehr. Aber nie mehr würde er auch nur versuchen, einem Bus oder einer Bahn, selbst wenn sie mit nur wenigen schnellen Schritten zu erreichen sein würden, hinterher zu laufen. Dann würde er zwei oder drei Stationen lang keuchen müssen, so dass alle zu ihm herschauen würden. Er steigt nur noch an den Stationen aus, von denen er weiß, dass sie Rolltreppen oder Aufzüge haben, was keine Garantie dagegen ist, dass Rolltreppen und Aufzüge mal wieder außer Betrieb sind. Dann bleibt er auf dem Bahnsteig stehen und wartet auf einen Gegenzug. Je weniger Lebenszeit er hat, umso mehr Zeit hat er. Warten hat er gelernt. Krankheit – dein Name heißt Warten. Warten ist tröstlich. Wer warten kann, ist noch nicht tot. Wartenkönnen ist das Festhalten am Hier und Jetzt. Warten ist tödlich, denn wer wartet, erfüllt nicht das oberste Gebot: bewegen, bewegen, bewegen.

Er liest die Todesanzeigen genau und hat die vielen überlebt, denen nur 19 oder 32, 51 oder 62 Jahre gegeben waren, aber wird die nicht überleben, die in ein gesegnetes Alter übergegangen sind. Wie die anderen Rentner und Schwerbehinderten geht er nur noch mit dem Ziehwagen einkaufen. Wie sie verbringt er seine Frist in Kaufhäusern, ohne etwas zu kaufen, in Kaufhauscafés, in Sitzcafés vor den Supermärkten und hört denen zu, die sich an vergangene grandiose Urlaube erinnern. Im veralteten Einkaufszentrum in seiner Nähe ist fast die Hälfte aller Geschäfte verrammelt. Selbst Frisör Klier ist geschlossen, die Fenster verklebt, durch die er beobachtet hatte, ob er einen Platz bekäme, um sich von einer der kleinen dicken Türkinnen, schwarz gekleidet, frisieren zu lassen und dabei die Augen aus Scham zu schließen, wenn er spürte, wie sie ihn mit ihren großen Brüsten und Bäuchen umrundeten. Es gibt nur noch drei Bänke, ohne Lehne, mit in den Hintern drückenden Metallgittern. Sie sind immer alle besetzt, wenn er, weil er schon wieder nicht mehr kann, sich setzen möchte. In den wuchtigen kunstlederbraunen Massagesesseln, alle außer Betrieb, sitzen alte italienische Männer, andere stehen palavernd drumherum. Wie das alte Chinesenpaar fährt er im Bus 6 bis nach Wollmatingen und wieder zurück. Nach Ossendorf und nach Marienburg. Ein junger Mann besteigt an Krücken die Bahn. Seine Beine schlackern unbändig kreuz und quer. Ein dicker alter Mann bietet dem jungen Mann seinen Sitzplatz an, was dieser ablehnt, er wolle sich nicht setzen. Der junge Mann ist militärisch grün gekleidet, viel zu dünn für

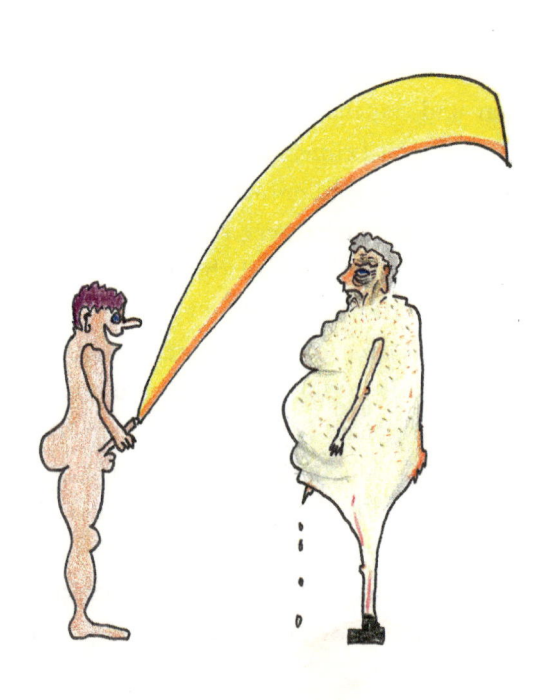

Januar, hängt sich an eine Haltestange unter der Decke des Straßenbahnwagens und lässt seine Füße tanzen, bis er die Stadtbahn verlässt und sich in die nächste hangelt. Eine junge Frau telefoniert, dass sie ein Praktikum bei der Telekom in Bonn gemacht und abgebrochen habe. Es sei widerlich gewesen. Junge und mittelalte Männer, alle in gedeckten Anzügen mit Krawatten, mit denen sie zu Besprechungen immer in die Lounge habe gehen müssen, wo mehr Fachenglisch geredet worden sei als Deutsch. Am ätzendsten sei der Abteilungsleiter gewesen, so um die vierzig, der habe gesagt, er sei definitiv dafür, alle Alten rechtzeitig zu deportieren, weil sie die demographische Entwicklung Deutschland ruinierten. Er laufe Halb- und Ganzmarathon. Die alten Säcke, die wie Mumien über die Strecke wankten, seien ein ekelhafter Anblick. Wohin denn deportieren, habe sie den Typ gefragt. Nach st. Helena. st. Helena sei zu klein. Dann nach Madagaskar; dort gebe es giftige Schlangen, unerforschte wilde Tiere in stachligen Distelfeldern. Die junge Frau lächelt ihn an. Nur kein rüstiger Greis werden, der sich einbildet, er habe, wenn eine junge Frau ihn anlächelt, ein Angebot zum Geschlechtsverkehr bekommen. Sehnsüchtig, liest er in einem Roman, schaut der alte Dichter den jungen Frauen nach und lässt nicht ab, täglich morgens fünfzig Liegestütze zu machen. Er hat Schmerzen, aber der alte erfolgreiche Dichter weiß noch nicht, dass er in einem Jahr an Prostatakrebs sterben wird.

Einen neuen Rekord stellt er auf: an einem Tag beim Hausarzt, bei der HNO, beim Radiologen und beim Lungenarzt. Als ihm Blut abgenommen wird, als es heißt: Jetzt wird es kühl, jetzt muss ich Sie pieksen, Sie können die Faust öffnen, fest auf die Einstichstelle drücken. Er will seinen Mullbausch in den Mülleimer mit Tretdeckel werfen und tritt mit dem Schuh, der nur halb gefüllt ist, ins Leere. Wöchentlich brockt er sich aus den Alustreifen seine acht verschreibungspflichtigen Medikamente in sieben Tagesdöschen, deren Risiken das sind, wovor sie ihn bewahren sollen: Krankheit, Krebs, Tod. Ihm brechen dabei die Fingernägel. Nun hat er, sagt der Lungenarzt, noch ein Viertel Lungenkapazität vom Soll. Nie aufgeben. Geduldig und ausdauernd die Atemhilfsmuskulatur stärken. Er wird geadelt: Er ist nun ein Hochrisikopatient. Fast ist er vor lauter Blutverdünnungen ein Bluter. Auf einem scharfen Hobel hobelt er keine Gurke mehr. So einfach kann das Leben sein. Eine Schädel-CT. Ergebnis: Marklagerhypodensitäten. Hat er deswegen den blöden Gang, das dauernde Pinkeln, sein verfallendes Gedächtnis?

Es könnte auch Parkinson sein. Wenigstens kein Tumor. Dreht er sich um, hat er schon vergessen, was er hatte tun wollen. Oder hatte er in den Keller gewollt oder aufs Bett zum Nickerchen? Dass ihm keine Personennamen, nicht die Namen seiner Lieblingsorte einfielen, durch die er im Rennwahn gestrampelt oder in denen er an einem kühlen Brunnen abgesessen war, dass er sich an kein Spiel einer Fußballweltmeister- und Europameisterschaft erinnern konnte, obwohl er sie alle gesehen hatte, sprach nicht für Demenz, das hatte er schon früher immer mal wieder vergessen. Um sein Gedächtnis zu trainieren, macht er einen Knoten in sein Tempotaschentuch. Und dann vergisst er das Tempotaschentuch in der Hosentasche, das in der Waschmaschine in weiße Fetzchen verpulvert. Und plötzlich erinnert er sich wieder: Gerwig war der Erbauer nicht nur der Schwarzwaldbahn, und Karl der Große wurde 800 Kaiser. Er hustet viel, das Fieber steigt, er schwitzt sein Kissen nächtlich nass, er hat wieder eine Lungenentzündung. Er liegt auf einer Inneren, die zugleich Geriatrie ist. Im Krankenhausfunk zitiert der Seelsorger den Psalm: »Unser Leben währet 70 Jahre, und wenn es hochkömmt 80 Jahre« und fügt an, dass man sich darauf nicht verlassen könne. Die durchschnittliche Lebenserwartung sei Statistik, keine Garantie. Warum gerade ich, ist eine falsch gestellte Frage; richtiger: Warum ich denn nicht? Wer stirbt, ist nicht gescheitert. Selbst zur Seite gekrümmt, kann er vor Schmerzen fast nicht mehr atmen. Die Krämpfe, die Nerven in den Beinen, in den Narben toben. Das bessert sich mit dem Tropf, als endlich doch eine Kanüle in seinen maroden Venen fixiert werden kann, und mit Sauerstoff. Im Nebenzimmer links proben zwei alte Damen, wenn sie nicht fernsehen, Kommunikation. Aber die eine hört nicht mehr gut, die andere versteht die Welt nicht mehr. Sie ruft in überraschenden Abständen »Lallalallala« und »Hallihallo« wie das muntere Gör, das sie einmal gewesen ist. Er ist erlöst, ruft die Dame, als im anderen Nebenzimmer das Beatmungsgerät erlischt. Sie verstehe nicht, warum sie kein Ei bekommen habe. Weil Sie keins bestellt haben, antwortet die taube Dame, die jetzt, wenn sie es nur könnte, am liebsten anne früsche Luft jinge. Wenn er jemanden trifft, der von seinen Krankheiten weiß, klagt der erregt über seine Stirnnebenhöhlenvereiterung, lauter grüner Schlamm, über die Arthrose im Daumen, die ihm das Mischen des Skatblattes und das Heben des Latte-Macchiato-Glases schwer mache; aber, endet der: Das ist ja nichts gegen dich. Kein Gesunder versteht einen Kranken. Ein Kranker bewundert aber die Gesunden. Am besten kann er mit den ganz Kranken reden und mit denen, die an seinen Krankheiten leiden; manchmal sogar über das Sterben. In der Gruft der Onkologie und Hämatologie begegnet er einem jüngeren Bekannten, der sagt, er gehe in Rente und wolle mit seiner Frau reisen, reisen, reisen. Daran werde ihn auch die Krankheit, die er ja noch gar nicht kenne, nicht hindern. So vieles hätten sie noch nicht gesehen. In der Notfallaufnahme der Augenklinik sagt die Ärztin, die fragt, ob er Kollege sei: Für so viele Krankheiten sehen Sie aber ziemlich gesund aus. Sie dürfe ihn nur nicht, antwortet er, gehen, sich bewegen sehen und hören. Einige Monate später, wieder im Wartezimmer, liest er in der Tageszeitung, dass der jüngere Bekannte seinem schweren Leiden erlegen sei.

Am Abend sieht er den Mond über der aufgelassenen Zigarrenfabrik DuMont fett und mager werden, während die Güterzüge vom Eifelwall her rauschen, als läge ein wildes Meer hinter den Häusern. Schon lange trifft er keine Verabredungen mehr. Wenn er gleichzeitig reden und trinken oder essen muss, verschluckt er sich. Das Gaumenzäpfchen ist altersschwach geworden. Dann bekommt er einen solchen Hustenanfall, dass er die Hand vor den Mund halten muss, um der Verabredung keine Krümel und womöglich Infektuöses ins Gesicht zu spucken. Also bleibt er am besten daheim, wo er sich auch verschluckt, aber niemanden anspuckt; und ärger noch: Wo er von niemandem angespuckt wird, was ihm wieder Krankenhaus einbringen könnte, und das vielleicht zum letzten Mal. Würde er sich noch verabreden, würde er es so einrichten, dass er den Weg zum und vom Lokal allein gehen kann; denn schon alleine kann er kaum gehen und reden, zu zweit schon gar nicht. Als er noch zum Stammtisch humpeln konnte, saßen sie zu viert an dunkelbraunen Holztischen vor Butzenscheiben in Blei. Der eine Freund hatte seine Knieschmerzen verloren, nachdem ihm endlich ein Arzt die von einem anderen Arzt verschriebenen Beta-Blocker abgesetzt hatte. Sein Risiko waren nun Herzrhythmusstörungen. Ein anderer Freund tat alles, um ein zweites Schlägle zu vermeiden. Er gehe lange am See entlang, esse kein Fleisch mehr, setze sich täglich aufs Ergorad, trinke ... Hör auf, rief ein weiterer Freund, hört endlich auf, kein Wort mehr von Krankheiten. Es war ein seltenes Ereignis, dass dieser Freund an den Stammtisch kam, denn er litt so an den Ohren, dass er nicht den leisesten öffentlichen Lärm ertragen konnte. Es ist logisch, dass auch er selbst nicht mehr zum Stammtisch, zu Gremien und Kreisen eingeladen wird. Er wird nicht ausgeladen. Er wird einfach nicht mehr eingeladen. Freunde, mit denen er einmal Touren und sonst allerhand gemacht hat, rufen im Vorübergehen, wenn er sie zufällig trifft, sie würden sich melden.

Am Abend schaut er sich Tierfilme im Fernsehen an. Ob Löwen, ob Erdmännchen oder Blattschneiderameisen. Auch Filme über schöne, ferne, wilde und sanfte ferne Gegenden, über Amazonasindianer und untergegangene Hochkulturen an der Seidenstraße. Über Bergtouren im Bergell und Alpsteingebirge. Er wandert über den Rhein- und Rennsteig, durch den Hegau, aber allein schon vom Zuschauen schmerzt ihm der Stumpf und ringt die Lunge um Luft. Am späteren Abend sieht er sich Problemdokumentationen an über Familien mit sieben Kindern, die nicht über die Runden kommen, über Sucht- und Selbstmordgefährdete, über hoffnungslos Arbeitslose, über Gewalt in Bussen und Bahnen. Die Welt ist böse; legt er dabei den Fußstumpf hoch, tut es weniger weh. Zwischen den Filmen denkt er daran, Sinn in sein Restleben zu bringen: Kindern lesen lehren, Hospizdienst, bei der Tafel Suppe austeilen. Aber wie soll das gehen, so immobil wie er ist und wo er sich doch unbedingt wegen seiner Immunsuppressiva vor einer nächsten Lungenentzündung, die er nicht überleben könnte, vor Infektionen schützen soll. Fernsehen, bis er einschläft. Oder Wein und nochmals Wein, damit die Nervengewitter in den Füßen betäubt werden und er einschlafen kann. Fettleber. Sie lassen ja sowieso nichts aus, sagt nicht nur seine Augenärztin. Dabei hatte er noch keinen Schlaganfall, ist auch, weil er wegen des steif gewordenen Halses den Kopf nicht mehr fix drehen kann, noch nicht unter die Straßenbahn geraten. Sonntags sitzen sie gemeinsam unter einer wärmenden Decke auf dem Sofa, sehen die *Lindenstraße* und gedenken derer, die nicht mehr sind, sofern sie sich noch an sie erinnern. Als er einmal einen abgeschabten Pullover in der Hand hält, dessen Ärmel auszufransen beginnen, sagt er sich wie selbstverständlich: Aber zum Radfahren ist er noch zu gebrauchen. Manchmal macht es ihn immer noch traurig, wenn er alte Herren mit hängendem Bauch von ihren Rennrädern steigen sieht. Nicht einmal ein Elektrorad würde er noch bewältigen. Unvermittelt wundert er sich, nun doch etwas neidisch, wie Menschen, auch ältere als er, einfach so laufen, eilen und dabei noch Vorträge halten oder lauthals telefonieren können. Und wie die Kinder juchzen und hüpfen, auf einem, auf zwei Beinen um die Eltern herum. Und wie die Verliebten tanzen und sich haschen, schwerelos, als würfen sie ihre erhitzten Körper in den Himmel, in den sie dann doch einst, erdschwer, würden kommen müssen. Sein Rennrad verschenkt er. Dann sein elegantes Tourenrad mit den schmalen Reifen. Der Kaltblütler bleibt im Keller, auf seinem Sattel häuft sich der Staub.

Wer keine Zehen, keine Ballen mehr hat, in denen die Rezeptoren sitzen, die dem Hirn die Gegebenheiten des Bodens melden, dem fehlt die Balance. Er ist nicht mehr standhaft. Er beherrscht das Ausmaß seines vorne leeren Schuhs nicht mehr. Wieder ist er gestürzt, über eine gebohnerte Zimmertürschwelle. Er kann seine Stürze nicht mehr auspendeln. Er fällt einfach. Wie ein nasser Sack über eine Nichtigkeit, ein Bettbein, eine schiefe Bürgersteigplatte. Eine Rippe gebrochen, Rippen geprellt, die

Schulter, die Nase blutig geschlagen. Die Blutergüsse kommen tags darauf und sind tellergroß. Erst rot, dann blau, dann grün. Sie wandern auf der Haut des Körpers hinab und lösen sich erst nach Wochen auf. Jetzt nur noch flach atmen wegen der Prellungsschmerzen. Nicht umdrehen im Bett. Und nur, bitte, nur nicht husten müssen. Ist er nicht gestürzt, schmerzen die Flankenmuskeln von seinem schiefen Gang mit dem auswärts gestellten halben Fuß. Was er eben noch hört, wenn sie sich abgewendet haben: erschreckend alt geworden, von der Krankheit gezeichnet; der tut's nicht mehr lang. Alle unbeschwerte Bewegung ist nur noch Erinnerung. Aus einem Leichtfuß ist ein Schwerfuß geworden. Die Standpausen werden immer länger. Ein neues Aneurysma? Wenn der Morbus wieder kommt, hat ein Arzt zu ihm gesagt, wird es letal. Neuer Herzinfarkt? Endlich der Schlaganfall? Doch Krebs? Was kommt noch? Und wann? Vorbei. Erlöst. Keine Schmerzen mehr und keine Hoffnungen. Nie wieder die Furcht, jemand könnte ihm die Krücken wegschlagen, ein Kind könnte ihm mit seinem Tretroller über die Füße fahren. Vorbei. Nicht manches, daran hat er sich gewöhnen müssen und können, sondern alles. Keine Steuererklärung mehr, keine Treppen und nie wieder Kräuter schneiden müssen, vor allem nie wieder Petersilie – oder wenn, dann nur noch glatte. Nie wieder die trockenen Hüllen von alten Zwiebeln pellen müssen. Endlich einschlafen, keine Betäubung mehr brauchen (jedweder Art), um das Gewitter, Krabbeln, Springen, Zucken der Nerven in den Füßen auszuhalten, ohne dass mit der Morgendämmerung die Nerventortur wieder begänne. Nie wieder einen Plastikbeutel in der Gemüseecke des Supermarkts nicht aufkriegen mit trockenen Fingern. Nie wieder CDs auspacken. Nie wieder Medikamente auskotzen. Einen Beipackzettel oder einen Falk-Plan zusammenfalten. Bis dahin: Liegen, Musik über den Kopfhörer hören gegen den Tinitus im Ohr. Er muss an die Todesmärsche denken von KZ zu KZ, 1945. Vor Schmerz und Erschöpfung wäre er nach wenigen Metern gefallen. Er wäre im Schnee liegengeblieben und erschlagen oder erschossen worden. Frevel: Er wird ja weder erschlagen noch erschossen. Es geht ihm ja gut. Er sagt zum Augenblick: Verweile doch, bevor alles viel schlimmer wird.

Er legt sich hin, ohne Musik. Er wacht auf, weil ihm schlecht wird. Auf der Schwelle zum Bad beginnt das Kotzen. Er übergibt sich ins Waschbecken. Und noch einmal. Dann Sturzentleerung. Es reicht nicht mehr bis aufs Klo. Blut auf den Fliesen. Blut im Klo. Das Blut platscht ihm aus dem Mund überallhin. Er bleibt auf dem Klo sitzen. Er ist zu schwach, um sich zu bücken und mit Haushaltspapier das rote Meer aufzuwischen. Nach einer Weile stemmt er sich hinunter und sitzt nun im Blut und will wenigstens, soweit seine Arme reichen, aufwischen, kommt aber gleich außer Atem. Seine Kleidung, Pantoffeln voller Blut. Wenigstens ist ihm das nicht im Kaufland passiert.

Das Gehen tut noch mehr weh, jeder Schritt mit dem linken Stumpf wie über glutheiße Kohlen. Du müsstest schnell darüber laufen. Da macht die Lunge nicht mit. Sie würde selbst in Todesangst versagen und ihn nicht von der Stelle kommen lassen. Das Schnaufen wird stärker. Das An- und Ausziehen braucht so viel Zeit und Mühe. Am Nebentisch im Biergarten hört er Herren knapp seines Alters, die am Stammtisch sitzen, die Nike-Sportschuhe auf den Querstreben der erhöhten Stühle, die sich über den Tiefschnee in Lech und auf der Hohen Tatra austauschen und sich versichern, dass man in Kanada nur dort in die Berge sollte, wo es viele Hubschrauber gebe, aber dennoch den nächsten Urlaub, da der Kilimandscharo erledigt sei, im Kaukasus wagen wollen, denn wenn man einmal in Tibet gewandert sei, sei der Pfälzer Wald nur noch lächerlich. Als die Herren sich auf ihre Feierabendräder gesattelt haben, wäre er fast wieder über das Tischbein gestolpert und gestürzt. Da wirft er seine Schachteln und Ordner mit Bergkarten weg, mit Wanderwegen aus dem Thurgau, aus dem Tessin, aus dem Schaffhauser- und Zürcherland, Hegau, Bodensee, Allgäu, Vorarlberg, Montafon, Schwarzwald,

Coburger Land und alle Radwegkarten, von denen er nur westdeutsche hat, aber davon viele, vor allem süddeutsche und nordrhein-westfälische. Auch den mit Stadtplänen gefüllten Karton; alle Grieben, alle Baedeker. Er weiß doch, was die Leute denken, aber nicht sagen: Dem sieht man den Verfall richtig an; dass der überhaupt noch lebt. Ich bin, sagt er sich immer wieder vor, aber noch nicht tot.

Franz Schuberts *Der Tod und das Mädchen* ein zweites Mal hören. Nur nicht in den Spiegel schauen und sehen müssen, dass das Auge wieder blutig ist. Schuberts Streichquartette lassen sich gar nicht so laut stellen, dass das Telefon nicht zu hören wäre. Immer die Angst vor einem Anruf; es sei denn, sie riefe an. Anrufe anderer gälten einem, der er nicht mehr ist.

Gebeugt sitzen bleiben über den schweren Kunstbänden und die *Dulle Griet* von Breughel in allen Einzelheiten und mit der Lupe studieren und Dinge nachschlagen im Netz, sich treiben lassen von den Informationen auf immer neuen Fenstern. Mitnehmen lassen sich die leichten Bücher; und dann sitzt er auf dem Mäuerchen vor dem Grünstreifen voller Unrat vor dem Kinderspielplatz und hört die Kinder schreien, die er mittlerweile kennt, und ihre Eltern auf den harten Metallkorbbänken, nicht nur Mütter schreien deren Namen und: Lea nicht! Und: Torge, hör auf damit! Und: Runa, komm jetzt endlich. Und: Marie, was hat er dir denn getan? Er liest Bücher, die er vor Jahrzehnten als Hardcover gelesen hat und von denen er sich zuvor nicht hätte vorstellen können, dass er sie wieder lesen würde als einsteckbare Taschenbücher. Reisebeschreibungen alter und neuer Zeit. Er sitzt nicht auf dem Mäuerchen, auf das die Schüler mit einem Hops hupfen und wo sie Pizza aus Schachteln essen. Das Mäuerchen der Schüler reicht ihm bis an die Brust. Da hinauf kommt er nicht mehr; er kann ja nicht hopsen. Den Machu Picchu würde er nicht einmal auf Eseln und in Sänften erreichen können; sich alle Inka-Tempel nur von unten besehen, wobei er sich fragt, wie die Alten, die man oben wahrscheinlich den Göttern geopfert hat, die Treppen hinaufgekommen sind. Wohl unsanft. Kein Postschiff durch norwegische Fjorde, kein Kappadokien; immer sind die Kulturfilme viel zu kurz. Mittlerweile zieht er den Filmen über Landschaften in Nähe und Ferne Hörbücher vor. Man liegt im Bett, hat außer in den Füßen keine Schmerzen, keine Atemnot, bettet seine Backe in die warme Mulde des Kissens und überredet sich, während der Knopf im Ohr von Landschaften erzählt und Blätter auf Fenster und Schrank einen sanften Schattentanz aufführen, dass einem wohlig ist, solange man nur nicht schon wieder zum Pinkeln aufstehen muss, zum Tröpfeln, zum Nichts. Er will gar nicht mit dem Waldgänger durch bayerische und böhmische Wälder wandern. Eines Morgens beim Anziehen merkt er, wie das Innere seinen Bauch rausbauscht, neben dem Nabel quillt ein Darmsäckchen voller Luft heraus. Nichts von Belang, sagt der Arzt, es ist das Alter, es sind die Medikamente, die die Muskeln porös machen wie ein zu altes Fensterleder. Hört das denn nie auf, klagt er. Es fängt erst an, sagt sie. Schon will er schreien, hält aber den Mund. Sie hat Recht. Und er wünschte, es wäre vorbei, aber mit ihr darf es nie vorbei sein.

Er liest Bücher über Rabenvögel, über Krähen und Elstern, die er beobachten kann, wie sie auf den Dächern spazieren, wie sie in der ersten Dämmerung nach Beute suchen, nach den Nüssen, die er in die Blumenkästen gelegt hat, ohne sich auch nur im geringsten zu sorgen um die schwarzen Rabenkerle aus Plastik, die die Nachbarn auf ihre Dachrinnen geklebt und unter ihre Terrassen gehängt haben, wo sie schaukeln im Wind, was ihnen auch nicht mehr Lebendigkeit und Verscheuchung ihrer Vögelverwandten bringt. Über Mauersegler hat er noch nichts gefunden. Ihr sausendes Schrillen verfolgt er, wenn er keine Musik hört, bis in die Nacht, bis es verfliegt, obwohl er gelesen hat, dass Mauersegler auch schlafend fliegen, mit nur einer wachen Gehirnhälfte.

Er reist im Nahverkehr mit Bussen und Bahnen. Den Rhein rechtsrheinisch hinunter mit der Bahn, von der aus er zwischen den Hinterteilen der Gebäude die Ausflugsdampfer sieht und die Hügel, Berge, Burgen, den Rolandsbogen am linksrheinischen Ufer. Sein Versuch, vom Bahnhof Koblenz bis ans Deutsche Eck zu kommen, schlug fehl. Beine und Füße schmerzten zu sehr, und der Atem erzwang alle knapp hundert Meter ein Absitzen. Dann fuhr er linksrheinisch wieder zurück, wollte es jedenfalls in einem Zug; doch ein Selbstmörder hatte sich zwischen Bad Godesberg und Bonn auf die Gleise gelegt, so dass der Zug in Remagen endete und wendete, wo sie sich alle selbst eine Möglichkeit zum Weiterkommen suchen mussten, weil die Bahn wieder einmal nur schwieg. So kam er bis Bad Godesberg. Und dort in die Straßenbahn, deren Gleise offenbar nicht von der Selbstmord- und Bahnpolizei abgesucht, kartographiert und gesäubert werden mussten. In jeder Mantel- und Jackentasche trägt er ein Desinfektionsmittel stets bei sich. Schlägt die Stadtbahn- oder die Bustür zu, bevor er sich hat in den Wagen ziehen können, ist der Schmerz erträglich und kurz. Und dann sieht er, wie das Blut, das den Hemdsärmel tränkt, durch den Mantel dringt. Schlimm ist, helle Kleidung zu tragen, wenn man in die Zangen der Kölner Verkehrsbetriebe gerät. Er hört und sieht, wie ein älterer Herr zu seiner jüngeren Dame sagt, ob sie den Zeitungsausschnitt über die eben in Wuppertal gesehene Ausstellung haben wolle, denn er hebe nichts mehr auf, wozu denn noch, er werfe nun alles weg.

Er traut sich nur noch langärmlig das Haus zu verlassen wegen der von Hämatomen rot angelaufenen Arme; kurze Hosen verbieten die Narben an den Beinen und die künstlich wächsernen Stützstrümpfe, auf die er nicht verzichten kann, sonst quellen seine Unterbeine an wie bei alten Frauen, die sich auf Wasserelefantenbeinen in zu kleinen Schuhen ins Bäckereicafé schleppen.

Als er in einem TV-Film ein Häuschen sieht, das oben auf dem Berg über Homburg steht, zwei Linden zur Seite, ein Häuschen, wie er es sich einst ersehnt hat, weint er; denn hätte er es tatsächlich, käme er nicht mehr hinauf und müsste es verkaufen, auch die alte gelbe Eisenbahnbank vor dem Haus, von der aus er über die Drumlins bis hin zum See und dem Säntis darüber hätte schauen können.

Auf dem Mäuerchen um den Kinderspielplatz hört er den Kinderkrebsgeschichten der Eltern zu. Wie sorgsam nun mit sterbenden Kindern umgegangen werde, wie ihnen mit Büchern und Musik und Gesprächen der Tod nahegebracht werde, der ein sehr freundlicher Drache sei, der sich langsam dem Haus nähere, dass die Kinder sich gewöhnen, sogar freuen könnten auf den Tod, wenn der Drache ans Fenster komme und die Mutter oder die Palliativschwester das Fenster öffne. Noch schöner ist die Geschichte, dass die dreijährige Tochter, die denselben Nierenkrebs bekommen hat, an dem ihre Mutter gestorben ist, nach einer Operation und Chemotherapie geheilt wurde.

Über das Mäuerchen am Kinderspielplatz eilen Ameisen, die er nicht gesehen hat, als er sich gesetzt hatte. Er sieht sowieso nicht mehr alles. Aber nun rennen sie von beiden Seiten, hin und her. Sie krabbeln nicht über seine Oberschenkel, sie krabbeln auch nicht an der Seite des Mäuerchens unter seinen Knien. Sie umgehen ihn, denkt er, sie laufen hinter ihm und auch über den verrotteten Grünstreifen. Um das zu sehen, müsste er sich umwenden. Dazu ist er zu steif. Er schaut lieber zu den Spatzen in den Büschen und auf den unteren Ästen der Bäume. Sie tschilpen erregt; immer haben sie Streit. Wahrscheinlich nicht, wahrscheinlich nicht einmal ein Ungemach. Sie beobachten sich. Sie ihn mit schrägem Kopf mit dem seltsam weißen Fleck unter den Augen. Und fort sind sie, alle auf einmal. Und schon sind sie wieder da. Er beobachtet sie so lange, dass die junge Frau im R4 in der Zeit drei- oder viermal vorbei gefahren ist. Vielleicht hat er auch ihretwegen die Spatzenforschung betrieben. Der R4 ist grün, alt und verbeult und untenherum verrostet. Die junge Frau hat das Schiebefenster geöffnet, ihr Haar ist rot, und sie raucht aus dem Fenster. Er sieht nur ihren Kopf. Er kann ein Muster der Spatzen, das ihr Hin und Her erklären würde, nicht erkennen. Wenigstens kann er mittlerweile Hahn und Henne unterscheiden, Junge und Alte. Dunkelt es, singen in den Bäumen an jeder Ecke des Spielplatzes und auf dem Dachfirst des weißen Belle-Epoque-Hauses die Amseln. Ihre Lieder kennt er noch aus dem vergangenen Jahr, er meint, jetzt neue Schlussvariationen zu hören. Und immer wieder ist er erstaunt über den harten Abbruch der Gesänge der Hohltauben, die durch die dunklen Bäume klatschen. Als die kleinen Kinder, die auf dem Mäuerchen hin und her rennen wollen, ihn scheu von ferne betrachten, geht er.

Was macht der Mann da, fragt ein halbdunkles Wuschelkind auf dem Arm eines halbdunklen Mannes und weist auf ihn: Der Mann sucht etwas im Stadtplan. Was tun Sie denn auch hier, sagt der Mann zu ihm, hier ist es hässlich, fahren Sie in die Altstadt, zum Dom, zum Rhein, da ist es schön. Der Mann vermutet einen Touristen in ihm. Dabei hat er wieder einmal nur versucht, sich die verschiedenen Stadtteile zu merken. Nicht sehr erfolgreich. Nie könnte er Taxifahrer werden. Das sowieso nicht, dazu fehlt ihm ein halber Fuß. Also macht er einen Kurzurlaub und fährt mit Bahn und Bus nach Langel und blickt über den Rhein, sieht aber kein vom Navigator in die Irre geführtes und ins Wasser stürzendes Auto, dafür dicke Biker, die auf dicken Motorrädern Cola trinken und dröhnen. Also fährt er mit der 9 in die Kölner Natur nach Königsforst und mit derselben Bahn, nachdem sie gedreht hat, wieder zurück zum Hermeskeiler Platz, der von allen schönen Kölner Plätzen der 384. ist, und macht eine Kaffeesause im Schmitz-Nittenwilm. Dreimal den Rhein gesehen, einmal den Dom, auf der Rückfahrt die Kranhäuser. Ist er wieder am See, wird er eine Weltreise machen, dieses Mal weder Mauritius noch die Lombardei. Er wird mit dem 6er nach Wollmatingen fahren, wo er ohne die verhassten Konstanzer Bahnhofstreppen ebenerdig in den Seehas steigen kann. Er wird nach Radolfzell fahren, den Bahnhof so schnell es geht verlassen, wo ihn einmal ein stinkender alter Schnapssack angeschrien hat: Die Juden sind Mörder, die Juden sind ein Haufen Scheißdreck, du kennst doch die Juden, die haben eine krumme Nase. Er wird zum See humpeln, bis er endlich den Hohentwiel sehen kann, seinen Hontes, den er früher in der streng verbotenen Direttissima erklettert hat. Er wird am See hin und her gefahren sein. Er wird in den störrischen Riedwiesen gelbe und blaue Iris gesehen haben, die keine aufgeschossenen fetten Gartenschwertlilien sind. Er wird seinen Säntis einmal im Rücken gehabt haben, einmal fern im Visier, die Schwägalp gnädig verdeckt. Er wird auf den Wiesen vor Markelfingen stolzierende Störche mit nickenden Hälsen gesehen haben. Über dem Zugfenster werden die roten Notfallhämmer hängen. Die Wiesen werden frisch gemäht sein, und er wird sich erinnern, wie er durch sie hin- und hergefahren war, um den Duft des Heus zu riechen. Der See lag und wird liegen ruhig blau, dann grün bewegt, und über den blitzenden Glashäusern der Reichenau prahlt der Seerücken mit seiner Palette von noch uneinheitlichem Frühsommergrün, als hätte ihn Bruno Epple gemalt. Pech: In Wollmatingen wird er den 6er verpassen. Er wird lange auf der harten Bank aus geflochtenem Zink sitzen und um sich schauen: ein verrottender Pizzakarton, zertretene Dosen, Kümmerlinge im Busch, Zigarettenkippen, ein zerrissenes Kondom, ein aus seiner knorpligen Hülle brechender Klatschmohn, das Plakat von Ritter Sport: Ein bisschen Spaß muss rein. Seit er nicht mehr mit der Rennmaschine durch die Gegend rast, sieht er in der Nähe viel mehr. Die Leute kommen zum Zug. Schüler rauchen. Mädchen telefonieren. Die Italiener schreien meist, als seien sie in der Lombardei. So fügt sich eins zum andern – und die Wellen des Sees schlagen mal laut mal leise über die Uferkiesel, und sie werden das immer tun. So endlos viele Gezeiten vor und nach ihm, vor und nach allen Menschen.

Wenn es nicht zu heiß und nicht zu kalt ist, schiebt sich ein Alter am Rollator von einem Bürgersteigausschank zum nächsten. Jeweils ein Kölsch. Der ist so langsam, dass er ihn leicht verfolgen kann. Nach dem dritten, manchmal auch erst nach dem vierten Kölsch verfärbt sich sein Schritt, rinnt die Feuchtigkeit langsam das rechte Hosenbein hinunter. An seinen Rollator hat der Alte einen Boxer gebunden, der so alt und dick ist, dass er kaum dem schlurfenden Rollator folgen kann. Sitzt der Alte am Biertisch, lässt er den Hund von der Leine. Der Boxer macht aber keine Bewegung, springt nicht zur Seite, schnuppert nicht am nächsten Hauseingang. Er lässt sich einfach nur fallen. Der Boxer ist mehr weiß als braun, vor allem sein Haar ums Maul und über den Augen. Der Alte trägt eine schottische Schiebermütze und hellblaue Segelhosen. Er hat einen Tick: Er winkt heftig jedem Fahrer, jeder Fahrerin in den Straßenbahnen zu. Nie winkt jemand zurück. Er dreht sich in eine silbrige Blechdose einen Vorrat von Zigaretten, deren gestopftes Papier er mit der Zunge befeuchtet und zusammenklebt.

Er hat sich einen Musik-Player gekauft und sitzt nun wie viele mit Knöpfen in den Ohren auf dem Mäuerchen und ist wie alle zunächst damit beschäftigt, die Kabelchen zu entwirren. Nicht bei Schuberts *Der Tod und das Mädchen*, sondern bei den *Goldbergvariationen* des brummenden und stampfenden Glenn Gould geschieht, dass ein Kind heiter mit nackten Füßen durch die Sandgrube tappst, rückwärts auf den dicken Pamperspo fällt, jauchzt, aufsteht und sich wieder auf den dicken Pamperspo fallen lässt, den ein helles Sandherz ziert. Das

Kind wiederholt das Ganze, bis es plötzlich zu schreien beginnt und die Ärmchen ausstreckt, so dass die Mutter erschrocken zu ihm läuft.

Er ist auch ohne sie nicht allein. Mit den Freunden wechselt er Mails, sogar Briefe. Sie besuchen sich vorsichtig. Je älter sie werden, umso mehr wächst die Zähigkeit, nicht voneinander zu lassen. Noch liegen keine schwarz umrandeten Briefe im Briefkasten. Auf den Mäuerchen hinter ihm tratschen die Mütter; sie haben sich bunte Kissen unter den Po auf der unerbittlich harten Aluminiumbank gestopft. Die Kinder jubeln oder weinen. Er wird bald gehen. Das ist in aller Ordnung. Es ist ein Irrtum zu meinen, es komme auf einen an.

Manchmal sitzen unweit auf dem Mäuerchen Schüler und reden rasch über Dinge, Mathematik, Technik, Computer, Reisen, von denen er nie etwas verstanden hat und nichts mehr verstehen wird. Die Schüler sind sehr laut und stämmig. Ihr Stimmbruch ist noch jung. Er denkt sich, aber das nützt ja gar nichts, auch ihr werdet mal alt, auch ihr werdet sterben. Die Schüler haben keine Schnürriemen in ihren Sportschuhen. Ist kein Kind da, schaukeln sie, so hoch sie können, den Kopf nach hinten geworfen, die Füße in den Himmel. Daran erinnert er sich. Die Schüler schaukeln umso wilder, wenn Schülerinnen auf den Stangen der Spielplatzumrandung sitzen. Und er erinnert sich, dass er nie wieder eine Schiffschaukel betreten hat, nachdem er gesehen hatte, dass ein Schiff sich überschlug und einem Burschen Geldbeutel, Kamm, Zigaretten und ein Kondom aus der Hosentasche gefallen waren.

Er konnte sich kaum noch vorstellen, einen Beruf gehabt zu haben. Von dem hatte er nicht ungern Abschied genommen. Ungern von vielem, das zu seinem unwiederbringlichen Leben gehört hatte und von dem er sich vorgestellt hatte, es würde zu ihm gehören. Es war vorbei; keine Bitternis, kein Gram. Irgendwann war es auch genug mit dem ewigen Leben. Wäre sie nicht. Er will sie nicht vorzeitig verlassen, die ohne ihn wird alt werden und elend einsam und sterben müssen. Und wären besonders die Freunde nicht, an denen er sehen kann, was Altwerden heißt. Wäre nur der Amselschlag nicht, früh und spät auf den Dachfirsten; abends, wenn sie beieinander sitzen mit weichen Kissen unter dem Gesäß. Es reicht kein Leben, um die Melodien der Amseln zu verstehen und ob sie dieselben wie die des Vorjahres sind. Langsam tritt die Endlichkeit aus dem Bereich des Gedankens in die Praxis. Schweigen Mauersegler und Amseln, suchen sie den Mond. »Es ist ein Hohn, dass wir sterben müssen, und ein doppelter, dass wir vom Sterben wissen.« (Berthold Auerbach) Vorausgesetzt, man glaubt nicht an Auferstehung und Erlösung da oben. Wenn du die Endlichkeit begriffen hast, ist es schon zu spät. Dann hast du den Kampf verloren, kein Recht mehr auf Achtung. Du hältst dich zwar immer noch für unsterblich bis zum letzten Atemzug, hast dich aber schon abgefunden damit, dass du eine Sozialcausa bist, die sofort zu entsorgen wäre, gäbe es das geltende Recht nicht. Im Fernseher erzählte eine Hure von einem Freier, der 72 Jahre alt war: Der roch sozusagen schon nach Tod. Es ist ja schon fast peinlich, sagte der sehr kranke Freund, dass man immer noch lebt.

Manchmal, wenn er wieder so erschöpft ist, dass er fürchtet, er müsse kollabieren und sich sturzentleeren, hat er Sehnsucht: zurück in den Rollstuhl. Oder anderswohin. Am meisten nach ihr. Der sterbende Freund hatte zu seiner Frau gesagt, er brauche nur noch das Verschwinden zu lernen; sie müsse ihn überleben und habe es schwerer. Aber es bleibt dabei: So lange du lebst, kannst du dir nichts anderes vorstellen, als dass du lebst. Anderntags überraschend viel Luft. Immer in Erwartung des Unabsehbaren.

»Sterben mag ich nicht. Das ist das Letzte, was ich tun werde.«

Roberto Benigni

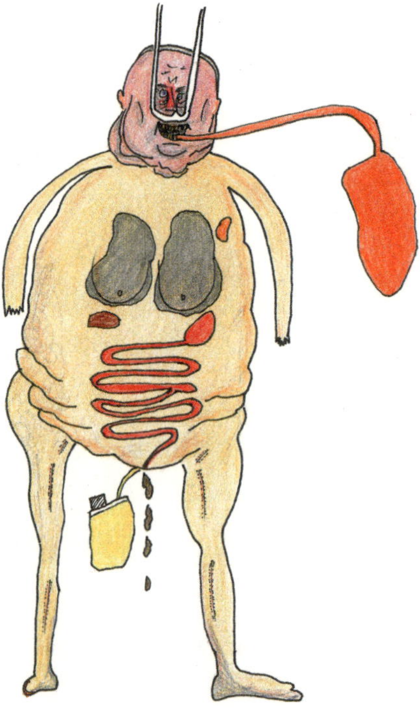

Der Autor bedankt sich bei der Literaturstiftung Oberschwaben für die Unterstützung seiner Arbeit an diesem Text. Verlag und Autor danken insbesondere Franz Hoben, der dieses Buchprojekt angeregt und betreut hat.

Britta Schröder
Zwölfender

»Auf dem Weg zur Busstation zog ich mein Herz an einer fransigen
Schnur über den Bürgersteig.«

»Eines der eigenwilligsten, eindringlichsten Literaturdebüts seit
langem.« *Wolfgang Höbel, Der Spiegel*

»Ein so erstaunliches wie kühnes Debüt mit einem enormen poetischen
Reiz.« *Roman Bucheli, Neue Züricher Zeitung*

»*Zwölfender* ist ein faszinierend rätselhafter Roman. Es ist ein
existentieller Ernst, der hier vorherrscht, und eine spielerische
Leichtigkeit, mit der er sich präsentiert. Mit einem Satz gesagt: Ein
richtig dolles Buch.« *Martin Lüdke, Der Tagesspiegel*

Britta Schröder
Zwölfender
Roman

Geb., 156 Seiten
978-3-86337-018-3
Auch als eBook erhältlich
978-3-86337-047-3

weissbooks.com

weissbooks.w

1618

Bernd Hontschik
Herzenssachen
So schön kann Medizin sein

33 *Rundschau*-Kolumnen, überarbeitet, aktualisiert, mit einem heftigen Vorspann versehen, gebunden und hübsch aufgemacht.

»Ein erhellendes Buch, das Lügen aus der Welt schafft. Wirklich empfehlenswert.« *Juli Zeh*

»Bernd Hontschik hat ein wunderbares Talent: Er kann klar und eindringlich schreiben. Er benennt die Fehlentwicklungen im Gesundheitssystem und zeigt anschaulich die abstrusesten Blüten, die es treibt.« *Süddeutsche Zeitung*

»Ein Plädoyer gegen Dummheit und Desinformation, für eine humane Medizin.« *Ärztlicher Nachrichtendienst*

Bereits in der 3. Auflage!

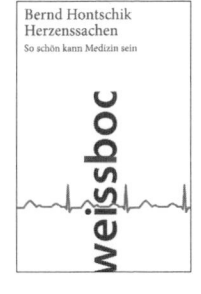

Geb., 130 Seiten
978-3-940888-03-7
Auch als eBook erhältlich
978-3-86337-063-3

weissbooks.com

weissbooks.w

Hermann Kinder
Der Weg allen Fleisches
Erzählung

© Weissbooks GmbH Frankfurt am Main 2014
Alle Rechte vorbehalten

Konzept Design
Gottschalk+Ash Int'l

Illustrationen
Hermann Kinder

Umschlag
Julia Borgwardt, borgwardt design

Layout
Anne Mayer-Tasch

Druck und Bindung
CPI books GMBH, Leck

Printed in Germany
Erste Auflage 2014
ISBN 978-3-86337-077-0

weissbooks.com